共和国故事

人民力量
——武汉人民战胜特大洪水

张学亮 编写

吉林出版集团股份有限公司

图书在版编目（CIP）数据

人民力量：武汉人民战胜特大洪水/张学亮编．——长春：吉林出版集团股份有限公司，2009.12

（共和国故事）

ISBN 978-7-5463-1747-2

Ⅰ．①人… Ⅱ．①张… Ⅲ．①纪实文学－中国－当代 Ⅳ．①I25

中国版本图书馆CIP数据核字（2009）第237757号

人民力量——武汉人民战胜特大洪水

RENMIN LILIANG　　WUHAN RENMIN ZHANSHENG TE DA HONGSHUI

编写　张学亮	
责任编辑　祖航　息望　林琳	
出版发行　吉林出版集团股份有限公司	
印刷　三河市嵩川印刷有限公司	
版次　2010年1月第1版	2022年1月第9次印刷
开本　710mm×1000mm　1/16	印张　8　字数　69千
书号　ISBN 978-7-5463-1747-2	定价　29.80元

社址　吉林省长春市福祉大路5788号

电话　0431－81629968

电子邮箱　tuzi8818@126.com

版权所有　翻印必究

如有印装质量问题，请寄本社退换

前　言

自1949年10月1日中华人民共和国成立至今,新中国已走过了60年的风雨历程。历史是一面镜子,我们可以从多视角、多侧面对其进行解读。然而有一点是可以肯定的,那就是,半个多世纪以来,在中国共产党的领导下,中国的政治、经济、军事、外交、文化、教育、科技、社会、民生等领域,都发生了深刻的变化,中国人民站起来了,中华民族已屹立于世界民族之林。

60年是短暂的,但这60年带给中国的却是极不平凡的。60年的神州大地经历了沧桑巨变。从开国大典到60年国庆盛典,从经济战线上的三大战役到经济总量居世界第三位,从对农业、手工业、资本主义工商业的三大改造到社会主义市场经济体制的基本确立,从宜将剩勇追穷寇到建立了强大的国防军,从废除一切不平等条约到独立自主的和平外交政策,从"双百"方针到体制改革后的文化事业欣欣向荣,从扫除文盲到实施科教兴国战略建设新型国家,从翻身解放到实现小康社会,凡此种种,中国人民在每个领域无不留下发展的足迹,写就不朽的诗篇。

60年的时间在历史的长河中可谓沧海一粟。其间究竟发生了些什么,怎样发生的,过程怎样,结果如何,却非人人都清楚知道的。对此,亲身经历者或可鲜活如昨,但对后来者来说却可能只是一个概念，对某段历史的记忆影像或不存在，或是模糊的。基于此，为了让年轻人，特别是青少年永远铭记共和国这段不朽的历史，我们推出了这套《共和国故事》。

《共和国故事》虽为故事，但却与戏说无关，我们不过是想借助通俗、富于感染力的文字记录这段历史。在丛书的谋篇布局上，我们尽量选取各个时代具有代表性或深具普遍意义的若干事件加以叙述，使其能反映共和国发展的全景和脉络。为了使题目的设置不至于因大而空，我们着眼于每一重大历史事件的缘起、过程、结局、时间、地点、人物等，抓住点滴和些许小事，力求通透。

历史是复杂的，事态的发展因素也是多方面的。由于叙述者的视角、文化构成不同，对事件的认知或有不足，但这不会影响我们对整个历史事件的判断和思考，至于它能否清晰地表达出我们编辑这套书的本意，那只能交给读者去评判了。

这套丛书可谓是一部书写红色记忆的读物，它对于了解共和国的历史、中国共产党的英明领导和中国人民的伟大实践都是不可或缺的。同时，这套丛书又是一套普及性读物，既针对重点阅读人群，也适宜在全民中推广。相信它必将在我国开展的全民阅读活动中发挥大的作用，成为装备中小学图书馆、农家书屋、社区书屋、机关及企事业单位职工图书室、连队图书室等的重点选择对象。

编　者

2010 年 1 月

目录

一、危情时刻
武汉防汛形势极度紧张/002
武汉市政府发布防汛命令/007
武汉市将灾情上报中央/011

二、中央关注
中共中央下达紧急指示/014
政务院致电慰问抢险人员/019
毛泽东为武汉抗洪题词/025

三、抗洪抢险
抢险队战斗在舵落口/028
丹水池大堤紧急抢险/033
解放军打退长江巨浪/038
修筑坚固的防浪长城/047
青年突击队参加防汛/053
农民参加防汛斗争/059
巡堤队员紧急抢险/063
把积水赶回长江去/071
修筑武昌防洪大堤/075

目录

　　保卫武汉国棉一厂/081

四、八方支援

　　全国人民关注武汉汛情/090

　　全国人民大力支援武汉抗洪/093

　　北京工人参加武汉抗洪/100

　　各地蔬菜源源运抵武汉/104

　　慰问团到防汛前线演出/109

　　苏联专家协助武汉防汛工作/115

一、危情时刻

● 武汉市人民政府发布抗洪抢险命令：全市人民与驻在武汉市的所有机关、部队、团体、学校，应立即动员起来，为防止可能发生的洪水灾害，为确保武汉市人民的安全、确保国家建设的安全而斗争。

● 张平化严肃回答说："抗洪救灾，人命关天，请你转告医院，请他们照顾一下。"

● 长江两岸大堤上下，汽笛声、夯声、指挥员的吆喝声响彻云霄，赛过闪电后的雷鸣声，赛过汹涌狂怒的洪涛声。

武汉防汛形势极度紧张

1954 年入夏以来，长江中下游霪雨成灾，阴风怒号，浊浪排空，气温像冬天一样冷，6 月穿棉袄，堤面泥深路滑。

截至 6 月 27 日，武汉关水位达到 26.47 米，堤防吃紧。

1954 年，长江汛期较早，洪水涨势很猛，上游及附近地区连降暴雨，武汉处在长江中游，诸水汇集，市区地势低洼，在洪水威胁还不严重的时候，市区内的部分地区就已经积水成灾。

武昌、汉口、汉阳三镇堤防长达 136.39 公里，大部分的堤防是按 1931 年水位的防御标准修筑的，部分地区没有堤防设备。

1954 年开年不久，防汛斗争形势就严峻地摆在了江汉全区人民面前，全区乃至全市 150 万人民的生命安全，责无旁贷地重重落在了区委、全区各级党组织的肩上。

江汉区地处长江、汉水汇流之冲，既得水利而兴，又因水而患。

清道光之前，平均每 20 年一次洪水成灾。自同治四年，即 1865 年，汉口有水文记录至 1954 年的 90 年间，武汉关水位达到 27 米以上的有 12 次，平均每 5 年一次。

1931年汉口全部被淹两次。汉江则是自1822年以来，沿江流域有数十年溃口决堤的历史，解放前基本是三年两溃，人民的生命财产遭到巨大损失。

据水文资料记载，长江流域汉口、武汉关以上集水面积为148万平方公里，占中下游大通以上集水面积的87.3%，担负着占长江流域集水面积80%的洪水宣泄任务。

汛期，宜昌至武汉关洪水传递时间为69小时，汉江新城到汉口洪水传递时间为18至24小时。全区堤段受两江来水夹击，水量大，传递时间短，来势猛，形势严峻。

武汉段长江上游的洪水流量大，加之下游顶托，洪水流泻不畅。

百年间，武汉人民遭到两次特大的洪水袭击，上次在1931年。

在1931年夏天到秋天，武汉三镇都被淹没在水里。8月初，冲破了中山公园对面铁路单孔的长江洪水，直向汉口市内汹涌奔来。

当时，毫无准备的市民只好有楼的上楼，没有楼的上屋顶，房矮的爬上树木。一时间，全市陷入一片混乱之中。

那时候，单洞门水深3米多，中山大道和江汉关的水也有1米左右，市区变成了一座水城。

划子和门板、木盆代替了车辆，楼房的窗口成了上下船只的码头，街道上时有死尸漂过。

在洪水进市的三四天中，共捞起的浮尸便有1000多具。

1954年这次的洪水，武汉人民早就做好了防汛的准备。

1954年1至3月，长江水位偏低。3月底，武汉关水位为14米，4月份骤涨7米。

由于北方南下的极地大陆气团与南方势力较强的太平洋海洋暖湿气团相持不下，长期停滞于长江流域，特别是中下游一带，频频交替，形成锋面，东西徘徊，渐次扩展，以致形成雨季早、雨区广、雨量大，而且持续时间长的特点。

5月份起，洞庭、鄱阳湖区大雨，6、7月份暴雨集中，降雨量都超过600毫米，比正常年份雨量多二至四倍。

长江中游、江汉平原、清江流域，雨水、山洪汇聚，汉江亦相继出现洪峰。

武汉地区5至7月，有三分之二为雨天，总降雨量1394.2毫米，为历史上同期之最大降雨量。

1至6月份降雨量超过武汉历年全年雨量。

7月，长江流域雨量增多，估计径流量有5500亿立方米，超过长江口出水量两倍多。

武汉上承长江汉水干、支流来水汇注，下受皖、赣河湖高水位顶阻，1954年汛期遭受相当于黄、淮、海三河总流量10倍的洪水威胁，以每秒7万多立方米流量涌来，水位迅猛抬高。

7月18日超过1931年28.28米的历史最高水位；

8月18日15时，武汉关水位达到29.73米，汉江舵落口水位达到29.89米，两江水位均为近百年所未有。

直到10月3日7时，长江武汉关水位方落至警戒水位以下，高水位整整历时100天。

1954年武汉市区堤防包括汉口、武昌、汉阳三镇的沿江、沿河干堤及张公堤、小张公堤等，总长度136.39公里。

其中汉口58.58公里、武昌49.08公里、汉阳城区28.73公里。堤顶高程高的在29米左右，最低的仅26.22米，重要干堤是按1931年水位28.28米为防洪标准设防的。

汉口北侧之张公堤解放后经逐年修复、加培，高程达29.5米，面宽10米，堤外坡在28.28米高程以下有砌片石护坡，堤身比较厚实。唯建堤之初对堤基处理较差，散浸、管漏等隐患甚多，高水位情况下，易发生险情。

禁口以上，西南折抵舵落口，沿汉水下至邹家街之小张公堤，原为长丰南、北垸民堤，解放后迭经培修，抗洪能力仍低于张公堤。

汉口沿河邹家街至硚口段，长2.57公里，是1935年大水后，在沿河各厂自筑围堤基础上并连成堤，堤基甚差。

硚口以下至汉水入江口一带，虽在日伪时期修筑过

4.88公里的块石防水墙，但基础无防渗处理，工程质量又差，是当时汉口堤防最薄弱的环节。

武昌以武金堤、城区沿江驳岸防水墙及武青堤连成沿江堤防干线。沿线受到北岸大小军山和龟山急流冲刷以及汉江洪流冲击，堤岸崩塌严重。

汉阳沿江的拦江堤、鹦鹉堤为始建于明清之旧堤，年久失修。

1954年武汉市汛情非同寻常。一是汛情来得早，6月下旬，洪水便超过了武汉警戒水位；二是汛情来得猛，仅11天就直逼危险水位；三是汛情持续时间长。

汉口地势低洼，市委驻地解放公园一带海拔只有22米，即使地势较高的中山大道江汉区委驻地也只有26米。

洪水高出地面3米多，人民群众全都生活在覆盆之下的险境，无论江汉区辖段哪处堤防决口，居高临下，流量每秒7万多立方米的长江洪水就会猛扑下来，成千上万的人就将被洪水吞噬。

武汉市政府发布防汛命令

1954年6月27日，武汉市人民政府向全市人民发布了抗洪抢险命令。

命令说：入夏以来，长江中游霪雨成灾，截至6月27日，武汉关水位已达26.47米，本市堤防开始吃紧。同时由于江河水位较高，未能排水，市郊广大地区已积水成灾。根据长江历年规律，7月又为高水位时期，江水仍将继续上涨。种种迹象表明今年有很大可能出现1931年的最高洪水位。全市人民与驻在武汉市的所有机关、部队、团体、学校，应立即动员起来，为防止可能发生的洪水灾害，为确保武汉市人民的安全、确保国家建设的安全而斗争。为此特发布以下命令：

一、全市人民与所有机关、部队、团体、企业、学校，必须认识洪水威胁的严重情况，克服麻痹思想，立即动员起来，在人民政府的领导下，积极参加防汛、抢险、排积救灾工作，为确保国家建设事业和武汉市人民的安全而斗争。我们相信，依靠着中央人民政府的领导与支持，依靠着广大军民的共同努力，即便出现1931年的大洪水，我们也有充分把握战胜它。

切勿自相惊扰。

二、为了统一防汛工作的领导，以保证与洪水斗争的胜利，必须加强武汉市防汛指挥部。决定以王任重为总指挥，宋侃夫、李尔重、潘正道、宋烈、张海峰、张德、张雪涛、阎钧、唐适宇、方敬之等人为副总指挥，建立与加强分区防汛指挥部和强有力的办事机构，并令上述所有工作人员立即到职。

三、所有机关、部队、团体、学校、公私企业以及全市人民都必须严格服从防汛指挥部有关防汛的各项规定和命令。

四、所有机关、部队、团体以及公私企业的交通工具和防汛所需之各种器材，防汛指挥部有权征购或临时征用，不得延误。

五、为了巩固堤防与缩小受灾面积，立即组织强大的排水机队，限期把张公堤内各水排出。

六、对受灾市民进行急救，发放救济粮款必须及时。市区居民及机关、部队、团体、学校、公私企业，要尽量挤出房屋，借给灾民临时居住，发扬阶级友爱精神，尽可能给灾民以各种帮助。

七、卫生机关、医务人员要紧急动员起来，组织医疗队、卫生站，及时给防汛工作干部、部队、群众以及灾民医治疾病，并加强预防工作，防止传染病发生。

八、战胜洪水，确保国家建设事业和武汉人民的安全，是当前全市人民的最高利益。对于一切破坏防汛工作或制造谣言扰乱人心的行为，必须及时予以镇压。

面对百年不遇的汛情，武汉市委市政府领导多次深入各区县检查指导防汛抗洪工作，主要领导亲自抓防汛工作，分管领导坐镇前线指挥，各区、县之各部门、各单位党政领导抓防汛落实，为防汛提供了坚强的组织保证。

早在6月21、22日，水位分别为25.7米、25.8米时，中南行政委员会、中共武汉市委就分别发布《关于加强防汛工作的紧急指示》。

市人民政府发布命令，动员全市人民立即行动起来，参加防汛抢险、排渍救灾工作。决定扩大市防汛总指挥部，统一领导武汉防汛工作。

7月2日水位27.04米，中共湖北省委、湖北省人民政府发布《关于紧急动员起来，全力做好防汛救灾工作的指示》。

7月4日水位27.37米，市委发出《关于大力加强工厂防汛工作，确保安全生产的紧急通知》。

7月5日水位27.46米，省人民政府发布《关于防汛抢险的紧急命令》。市委发出《关于动员全市人力、物力，支援防汛工作的通知》。

7月7日水位27.61米，市委发布《关于加强防汛工作中党的政治工作的决定》，成立防汛总党委和分党委。

7月10日水位27.84米，市委决定加强防汛队伍的政治工作，实行一长负责制，严格实行包守、包修、包抢的"三包责任制"。

7月16日水位28.05米，省委省政府发布《关于再接再厉继续加强防汛斗争的再次指示》。

7月18日水位28.24米，市防汛总指挥部发出《关于增强防汛信心，克服右倾情绪的通报》。

7月26日水位28.30米，市防汛总指挥部成立抢险总队，加强对防汛抢险工作的领导。

7月31日水位28.72米，市人民政府发布命令，要求采取具体措施"确保安全""准备万一"。

市委发出通知，要求各级党组织及全体党员，以坚强意志和模范行动，保证执行这一命令。防汛总党委、市工会也发出相应通知，贯彻市政府命令。

武汉市将灾情上报中央

1954年,武汉国民经济刚刚得到恢复,一场历史罕见的特大洪水突袭而来。

这年4月,长江中上游接连降雨,湖南、四川的洪水滚滚而下,长江水位暴涨。

6月25日,武汉长江水位突破26.3米,市郊大部分农田被淹,汉口市区开始进水,市政府门口一片汪洋。

在这历史罕见的特大洪水使全市人民生命财产遭受严重损失的危急时刻,中共武汉市委书记张平化迅速报告了中共中央和中共中央中南局。

张平化并随即召开市委会议,决定将防汛抗灾工作作为全市压倒一切的中心任务,要求市委市政府全力投入抗洪斗争。

市政府6月27日发出了《为战胜洪水确保安全告全市全体党员、团员和全市人民书》,成立了以王任重为总指挥,张平化、李尔重、宋侃夫等人为副总指挥的市防汛总指挥部和5个分区防汛指挥部。

短短几天,全市上下动员了11万多人开赴长130多公里的长江武汉段堤防线,进行紧张的大堤加固、加高工程。长江两岸大堤上下,汽笛声、夯声、指挥员的吆喝声响彻云霄,赛过闪电后的雷鸣声,赛过汹涌狂怒的洪涛声。

张平化和指挥部的全体成员夜以继日，始终坚守在抗洪第一线，哪里出现险情，就奔向哪里指挥。

白天，他们在现场指挥，参加和检查江堤的加固、加高工程，组织调集各地运来的抗洪救灾物资；晚上，他们召开会议，听取情况汇报，分析汛情，讨论和研究防洪方案。

一天，张平化刚作完抗洪动员报告，突然秘书跑来报告，说他爱人正在医院临产，问他能否抽时间去医院看看。

张平化严肃地回答说："抗洪救灾，人命关天，请你转告医院，请他们照顾一下。"

直至抗洪胜利结束，他才回到家里，并给小孩取了个叫"自全"的名字，意在战胜洪水、确保全市安全。

二、中央关注

- 中共中央就武汉防汛工作下达紧急指示，要求"竭尽全力，抢救危关"。

- 政务院向抗洪人员致电慰问：特向你们致以深切的慰问。并盼严密注意，坚决防守，克服一切困难，再接再厉，为争取最后战胜洪水而奋斗。

- 毛泽东为庆贺武汉防汛取得伟大胜利题词：庆贺武汉人民战胜了1954年的洪水，还要准备战胜今后可能发生的同样严重的洪水。

中共中央下达紧急指示

1954年6月23日,武汉关水位25.86米,中共中央就武汉防汛工作下达紧急指示,要求"竭尽全力,抢救危关"。

指定由政务院副总理、中共中央农村工作部部长邓子恢负责领导武汉防汛工作。

邓子恢风尘仆仆赶至武汉,察看汛情,指挥抗洪。

随后,从全国各地调集来的抗洪救灾物资源源不断地运抵武汉。

6月27日,成立武汉市防汛总指挥部,并宣布了组成人员名单:

  总指挥:王任重

  副总指挥:张平化 宋侃夫 左叶 李尔重 潘正道 宋烈 王克文 张海峰 张德 张雪涛 阎钧 唐适宇 方敬之

  秘书长:赵长春

  副秘书长:李晓明

  总办公室主任:颜斌

  副主任:郭东俊 武英林

  总工程师:陶述曾

副总工程师：涂允成　雷鸿基

指挥部下设工程管理处、动员组织处、供应处、交通运输处、财务处、卫生处、生活物资供应处、保卫处及排水办公室、生产救灾办公室、抢险总队等机构。

全市分别设立以下各分指挥部：

第一指挥部指挥：谢滋群
副指挥：贾正群　朱俊功　郭云
第二指挥部指挥：邹作盛
副指挥：马安荣　田正东　王候　陈永福　陈亮初　白守义
第三指挥部指挥：孙荣章
副指挥：张起　吴正东　李衍绶　吕绰亭　汪群　李键　郑华
第四指挥部指挥：丁连三
副指挥：毕健勇　刘蕴　邱志强　童宁民　刘鹏举　刘长再
第五指挥部指挥：仲凯
副指挥：王哲南　陈树梓　安儒时曦
武昌指挥部指挥：李振江
副指挥：张彬　柳森　陈练生　李冷　张培成　卢克俭　张波　马麟云　吴法周
汉阳指挥部指挥：徐启明

副指挥：赵仲　　孟庆春　　魏庆山　　常鸿喜

　　　　　傅明山　　刘雨东　　潘锡光

采石指挥部指挥：黄居易

采土指挥部副指挥：姬兴华　　李韵波

水上指挥部指挥：张万和

副指挥：牟兆之　　詹润民　　张殿业

　　防汛总指挥部根据汛情发展形势，从6月底至9月3日按照"水涨堤高，永远走在洪水前面"的要求，部署并指挥全市防汛队伍，进行了防汛抗洪的五期堤防加固工程。

　　第一期工程采取全面设防、重点培修、抢修险工的方针。对禁口、龙口、白沙洲、武庆堤、武汉关、舵落口、艾家嘴等险工段，在加固的基础上，修筑麻袋子堤或夹板子埝。

　　对长丰北垸等处修筑压浸台与围井，以及抢修汉正街二线堤防。要求水位到28.28米时，确保武汉安全。6月30日开工，7月10日完成。

　　使城区堤防高程达到29.50至30米，迎战了7月18日出现的28.31米的长江洪峰。

　　第二期工程以加固为主，部分加高，着重检查浸水漏水并填塘镇脚或抛石护岸，对部分高度不够的堤段加筑子堤。

　　要求洪水涨到28.5米时，确保武汉安全。7月19日开始，25日完成。汉口、武昌堤防高程达30米至30.05米，抵挡了7月30日28.77米的高水位。

第三期工程是从7月26日开始的，按照"水涨堤高，防御大洪"的方针，继续以加固为主，部分加高，并对部分堤段作外帮内撑，进一步加强抢险和巡堤工作，加强防浪设施，要求洪水涨到29米时，确保武汉安全。

第四期工程继续加固加高，加强防浪设备，加强巡堤抢险，加强技术指导，加强政治工作，加强物资供应，力争主动消灭可能出现"万一"的威胁。

要求将防浪子堤加高加固，保证堤顶距离水面50厘米以上。

8月5日开工，至中旬城区堤防已加高4次，高程达到30.7米左右，经受了8月18日29.73米的历史最高洪水位考验。

第五期工程是在8月18日以后水位开始回落时进行的。

针对退水时期容易发生大险的特点，提出要防止松劲麻痹思想，进一步加固堤防，填塘堌坝，固堰固闸，克服薄弱环节，消除险情，消灭隐患。

要求在水位高、持续时间长、风浪大的情况下，确保落水时期堤防安全。

汉口汉正街堤防二线工程、汉口汉正街沿河一带块石防水墙，不能抵御28米以上的洪水。

为确保市区安全，6月30日，市防汛总指挥部决定

从汉正街街面硚口至集稼嘴抢筑一道二线堤防,由第三指挥部负责组织施工。

7月3日开始,拆除街面石板,修筑麻包土堤,7月12日完成,堤长3340米,底宽3.49米,顶宽1.5米,高程29米。

用土1.5万立方米,麻袋13万条,挖堵街面200余个进水孔、140条里巷暗沟、151个住户室内暗沟。

政务院致电慰问抢险人员

1954 年 8 月 1 日，中央人民政府政务院致慰问电，慰问长江防汛抢险人员，并号召全体防汛大军再接再厉，为争取最后战胜洪水而奋斗。

慰问电如下：

中南区防汛总指挥部、华东行政委员会转参加长江防汛抢险的工人、农民、部队、学生、机关工作人员和全体工作同志们：

今年汛期，因为气象上的特殊情况，暴雨长期集中在长江流域，以致长江发生了近百年来未有的大水。

由于你们在各级党委与人民政府的领导下，不避艰险，不辞劳苦，夜以继日地防守和抢护，在超过历年最高水位的情况下，保卫了沿江重要城市、工矿、交通和广大地区人民生命财产与农业生产的安全。

你们这种英勇的斗争，对于保证我国社会主义建设的顺利进行，起着重要的作用。这是一个光荣而艰巨的任务，应该受到全国人民的感激和尊敬。

目前长江防汛已经进入最紧急的阶段，同时也是接近最后胜利的阶段，特向你们致以深切的慰问；并盼严密注意，坚决防守，克服一切困难，再接再厉，为争取最后战胜洪水而奋斗。

8月中旬，随着水涨堤高，防汛指挥部下令，对最薄弱堤段在堤外依街道铺面加筑了许多小围堤，增强了御洪作用。

堤防加固工程连同后期工程合计为7期，完成使三镇主要堤防达到了"水涨堤高"的防洪目标。

1954年汛期总计发生大小险情2.1万处，其中主要险情2646处。

2646处重要险情中被列为大险的有9处，分别是：

武汉关院墙内外大管漏；汉正街利济路口下水道崩塌；汉口沿江上海路抽水机房后墙严重冒水；额头湾大脱坡；丹水池管漏跌窝；武庆堤大脱坡；武泰闸大管漏；万年闸防水墙驳岸倒塌；武胜路口下水道天窗冒水。

为了适应抢险工作的需要，7月上旬在总指挥部领导下成立了抢险大队，后扩大为抢险总队，各分指挥部建立了抢险大队，各工段设立抢险中队，合计基干队员2.2万人，预备队员4万人，抢险专用车69辆，还有拖轮、登陆艇、铁驳及木驳等专用设备，使险情得以及时处理。

7月19日7时在沔阳禹王宫扒口分洪，分洪总量

84.6亿立方米；7月27日5时洪湖分洪；7月29日鲁湖分洪；8月7日6时梁子湖分洪。

荆江分洪闸先后三次开闸分洪。

8月4日14时扒开虎东堤、萧家嘴分洪48亿立方米。

8月6日扒开虎西山岗堤，开启黄天湖排水闸；8月7日22时扒开枝江上百里洲蓄洪。

8月8日8时扒开北闸下腊林洲堤，以及监利上车湾扒口分洪，总量29.1亿立方米；8月28日再次开闸分洪。

总计分洪量为548亿立方米，有效地削减了洪峰威胁，延缓了洪水涨速，使武汉防汛赢得了时间，各期堤防工程始终抢在洪水的前面。

1954年汛期不但雨多、水大、流速大，而且风多、风力大，对堤防安全形成严重威胁。

武汉地区7至9月大风天数为58天，约占三分之二。最大风力分别为6级、7级、8级，也都超过历年同月份最大风力。

由于风力大，水面辽阔，掀起了1米多高的大浪，面对风浪对堤防的严重威胁，原来采用的挂芦排、芦捆或芦席护坡，及麻袋装石、装土等防浪措施，已难以顶住巨大风浪对堤身的冲击。

市防汛总指挥部研究决定于7月21日起利用汉阳鹦鹉洲现存的木料试扎木排防浪。

在张公堤姑嫂树至禁口段布设木排后，经过 7 月 28、29 日连续 40 余小时的暴雨及 8 级以上东北风袭击，显示了木排的防浪作用。

木排内浪峰分散、弛缓，减低了对堤身的冲刷破坏。未设木排堤段的原有防浪设施都被风浪卷去。小张公堤险遭击溃。

在此基础上进而从禁口至舵落口、从姑嫂树至堤角至丹水池以及在汉口、武昌沿江采用。

至 9 月 10 日止，全线共布设木排 1962 块，长 62.4 公里。调用木料、篾缆、钢丝、铁锚，加上木排内原有的防浪设施，为确保堤防安全起了重要作用。

防浪木排在当时被誉为"水上长城"，以历来被认为"躲浪"的木排，转而变为"防浪"木排，虽为特定条件下的特有做法，但也确是 1954 年防汛期间卓有成效的创举。

5 月初，很多低洼地区和主要堤防以外，相继为渍水及洪水淹没。

7 月下半月，汉阳鹦鹉洲腰路堤和拦江大堤先后决口，硚口至集稼嘴第一道堤防漫水。

8 月中旬，汉阳月湖堤决口。

全市被淹房屋共有 4.1 万栋，倒塌房屋 4390 栋，危险房屋 1.1 万栋，郊区受灾耕地 19 万亩，占郊区耕地面积的 78.7%。汉阳全区被淹房屋达 90% 以上，受灾人口为 84% 以上。政府全力组织抢救安置，做到了无人露宿，无人因水灾冻、饿而死。

在部分地区受灾的情况下，全市先后建立了市、区两级生产救灾办公室。以街、乡为单位，建立生产救灾工作组，帮助渍水地区和堤外灾民搬迁转移，搭盖棚屋和抢救搬迁，拨出经费，截至8月底，共发救济金44.5万元，用去医疗费23万多元。

经各区组织生产自救的计有27种行业、64个生产小组，容纳灾民1550人。灾后迅速恢复原业、参加工作和找到新的生产门路者有15万人。

合计发放贷款23万元，使86%以上的市区灾民基本上解决了生产和生活问题，绝大部分灾民在洪水退后，已迁回原处，重建家园。

全市1954年的洪水从6月25日上涨到9月16日回落警戒水位，整整历时100天。全市人民进行总动员，以防汛为最高使命。

防汛总指挥部设有分指挥部、工段、处室，统率30万大军在一线防守，若包括后方"支援防汛"在内，合计防汛人员达60万之众。

除了10个抢险大队、66个中队的基干队伍外，另拥有由工人、学生、居民等组成的4万多人的抢险预备队，以及由2.8万多名青年组成的突击队和3.5万名妇女组成的防汛服务队。

1954年武汉防汛得到了全国各地人力物力的支援。各地支援武汉防汛的人员共2.3万人。

　　来自全国各地支援武汉防汛的物资，计有抽水机、列车发电机、麻袋、草包、芦席、土箕，还有大批的工具、篾缆、铁锚、高粱秆以及药品、粮食、煤炭和各种副食品。

　　为运送大批防汛物资，铁道部和其他部门提出了随到随运、沿途不停、优先挂车、优先装运的原则。

　　湖北省内河航运部门还组织了民船为武汉防汛服务。

毛泽东为武汉抗洪题词

1954年,毛泽东为庆贺武汉防汛取得伟大胜利题词:

庆贺武汉人民战胜了1954年的洪水,还要准备战胜今后可能发生的同样严重的洪水。

早在8月9日,武汉防汛抗洪取得阶段性胜利,市防汛总党委发布《关于开展立功运动,保证决战胜利的指示》。

8月22日,市防汛总指挥部举行庆功大会,总结前段立功运动,提出"坚韧顽强,再接再厉,不获全胜,决不收兵"的战斗口号。

9月3日水位降至29.07米,市委发布《关于在防汛斗争中发展党、团员及挑选、提拔干部的决定》。

9月7日水位继续下降至28.84米,市防汛总指挥部发出《关于当前工作的指示》。

9月19日水位已经下降至27.07米,市委召开扩大会议,确定四季度工作由防汛为中心转向以增产节约为中心。

10月3日水位26.25米,已降到警戒水位以下。

10月3日至10日,市防汛总指挥部隆重举行总结及庆功大会，宣布武汉防汛斗争已取得最后的、完全的胜利。

同日，《长江日报》发表《跟着共产党走就是胜利》的社论。在历时100天的防汛斗争中，省、市党政领导除统筹部署外，并亲临前线视察、指挥。

6月30日至9月3日，先后部署了5期堤防加高加固工程。防汛期间，武汉人民先后组织两届防汛慰问团分赴各处慰问防汛大军及灾区人民。

三、抗洪抢险

● 邹作盛嘱咐他们：起风了，要严守堤防，每个责任区要有专人掌握抢险队伍，和指挥部保持密切联系。

● 连长想也没想，立即把自己身上的雨衣脱下来，用皮带捆在这个麻袋上。

● 机器工人们提出了响亮的战斗口号：在每部抽水机的零件到达工地后的36小时内，保证把它装好！

抢险队战斗在舵落口

1954年7月28日1时30分，这时，越来越大的风在窗外呼啸。

在汉口第二防汛指挥部里，邹作盛指挥面容显得非常严峻，他正在打电话给小张公堤第一、第二两段的干部，嘱咐他们：

起风了，要严守堤防，每个责任区要有专人掌握抢险队伍，和指挥部保持密切联系。

白蒙蒙的雨雾中，透出几线灯光，一列卡车载着一〇〇七部三支队的两连战士驶向舵落口，支援原来就在小张公堤上的两连战士。

破晓时候，舵落口水位已经达到28.98米，风势越来越大，吼叫着的北风卷着两米高的巨浪，猛扑小张公堤16公里长的堤岸。罗家湾、丁家嘴一带的子堤开始崩垮，全部堤防线都受到波浪的侵蚀。

邹作盛研究了情况，下了紧急命令：

再调两连战士上堤抢险，留一部分人作为后备力量，在决战阶段投入战斗。

副指挥马安荣、田正东、陈永福也先后上堤指挥战斗。

密集的暴雨、汹涌的波涛、刮得让人站不住脚的狂风一齐袭来，罗家湾、丁家嘴一带的子堤有一部分完全被波浪卷走了，堤身也被冲坏了三分之一，洪水开始上堤了！

连长大喊一声："跑步前进！"两连新上来的战士在尺把深的泥泞中，冲上险区。

战士郭仁望左腿上长了三个大疮，一寸方圆的肌肉高高地肿起，热得烫手。这时，他从舵落口背着百多斤重的芦柴，随着队伍冲向罗家湾，平日不灵活的病腿一点也不觉得痛，郭仁望已经完全忘记了这回事。

刚到险区，郭仁望一眼就看到堤身有个1米长、2米深的洞，他马上跳进两米高的浪涛中，像扑碉堡一样，用身子堵住了洞口。

郭仁望把两手张开，死劲将五指插入堤身的湿泥中，抓紧草根。

浪头冲上堤来，郭仁望完全被淹在水里，背上随着一股陡然压下来的力量，额头猛地撞向堤身，他闭住双眼，忍住呼吸。浪头一退，郭仁望趁着第二个浪头还没有冲到的一刹那，将头伸出水面，大叫："拿麻袋来啊！"

当时，其他很多战士也都随着郭仁望纵身投入波涛，到堤外码麻袋了，还有少数人正在紧张地堵其他更险的口，狂风叫啸得厉害，没有人听到郭仁望的喊声。

第二个浪头刚刚退走，郭仁望就翻身跳起，爬上堤去，在离洞口50米的地方扛了一个重100公斤左右的盛满泥土的麻袋，飞步赶回，同时他也喊来了其他一些战士，他们扛了很多装满土的麻袋，一起将洞口完全堵住了。

在郭仁望第一次下水的时候，女民工宋秀英也已经跳入水中，但由于她的个子很小，加上已经挑了一天一夜的土，劳累得失去了力量，在波涛中站不稳，是很容易被险浪卷走的，但她还是不顾一切地扑在堤坡上，挡住浪头。

紧随着宋秀英，人民代表卢幼芝和另外一些女民工也跳入水中，在水中排成一道人堤。

这时，涛声轰轰作响，风呼啸得更厉害了，密雨织成一片白雾，就是站在堤上也常常被风浪扑倒。

浪头冲上堤来的时候，沿堤的水中看不到一个人影；浪头退去，很多人头浮出水面，但刚露出来又被波涛吞没了。

市建设局的工人雷于清在水中被一道巨浪冲起来，迎面撞在堤旁的木桩上，被撞得晕了过去，差一点毫无知觉地被洪水吞没掉，幸亏他身旁的人眼明手快，一把捞住了雷于清，大家七手八脚地将他抢救上岸。

雷于清人事不省地在岸上躺了几分钟，刚刚醒过来，别人还来不及劝阻他，雷于清就又不顾一切地下水抢险了。

洪水攻势凶猛，马安荣、田正东、陈永福三个副指挥站在堤上指挥战斗，浪头直扑到他们的脸上。他们还是镇定从容地组织力量，部署工作。当水下的战士在波浪的空隙中伸出头来的时候，就看到他们屹立不动地站在咆哮汹涌的波涛前面。

当堤上进行着激烈的战斗时，邹作盛一直守在指挥部的电话机旁，沉着地、细致地听取前线的战情，发出简短、明确的指示；他还要向市防汛总指挥部请示、报告。

到29日14时，邹作盛综合研究了战斗情况，认为已经到了决战阶段，前线的战士也已经相当劳累了，他决定动用全部精锐力量，同时继续动员一批后备队伍。

于是，留在后方待命出发的一部分战士全部奔上了第一线。

市防汛总指挥部派来增援的270名抢险队员和1300多名建筑工人也先后到达，前线军威大振。

那些在水中护堤的战士、工人和民工，他们从头天晚上一直坚持着，已经很多人没有吃过一点东西在水中泡了很久，在波涛中冻得直发抖，生力军投入战斗后，替换了大家，他们上岸经风一吹，更冷得透骨，想张口说话却发不出清楚的声音，只见两片发乌的嘴唇在动。但是，他们并没有想到休息，而是继续参加战斗。

武汉市特等劳模、小张公堤第一段党总支副书记陈玉玺在水中泡了几个小时了，又一天一夜没有吃饭和休息，上岸以后，全身瘫软无力。

当陈玉玺提起像铅一样沉重的腿时，他心中十分担心，担心自己作为这一段的党总支副书记不能再参加防汛抗洪的斗争了。

陈玉玺在段部吃了一点饭，稍微打得起精神以后，他又马上出发，沿段检查工作。

这时，宋秀英已经在 28 日工作了一天一夜，29 日又在水中泡了六七个小时了，但她说什么也不肯回家。

战斗一直进行到 7 月 30 日，倒塌的堤身完全修好了，风速虽然逐渐减弱，但水位却在继续升高，小张公堤仍然是武汉市区的安全屏障。

堤内，防堤不远的地方，几处稻子的谷穗已经开始转黄，收获的季节就快要来到了。

丹水池大堤紧急抢险

1954 年 8 月 3 日夜，这是一个稀有的晴朗的夜晚，丹水池风平浪静。

22 时 30 分，丹水池很安静，刚卸完土方和石方的人们，从附近的铁路旁成群结队地走向远处。巡堤队员一手提着马灯，一手拄着竹棍，从远处的堤坡上一步一探地走过来。

堤上，双手紧握着枪的哨兵，警惕地守卫着堤防。

忽然，大家在寂静中听到有流水潺潺的声音。正准备从铁路旁走开的吴菊林听见了，警戒在堤上的哨兵靖乃让听见了，在河边洗完澡正走回宿舍的武汉大学水利学院学生罗哲文听见了，很多人都听见了。

大家都警惕起来：这是什么声音？是洪水穿过堤身在往堤内流吗？

于是，人们赶忙围拢过来，步步探视的巡堤队员从远处一看到这种情况，拔腿就向这里飞奔。

是险情！堤内坡有个 3 厘米大的管洞在流浑水，而且不到 3 分钟就扩大到了 6 厘米，很快，堤身已经冲成大约 10.5 厘米的漏管。

有人大喊一声："赶快向工段去报告！"随即有人飞奔而去了。

第三抢险大队政委薛启凤大喊一声："赶快抢险啊！"然后他就跳入水中，解放军战士张元福、搬运工人周少斌和周谟书，还有好多人都跟着跳进水中。

他们在堤外坡上摸索着水下的漏洞，因为当时内坡人们还没有来得及运来麻袋和棉絮，大家纷纷脱下衣服、帽子往漏洞里堵塞。

武汉大学的几个学生，把刚洗澡换下来的衣服丢给人们以后，又把身上的汗衫也丢给人们。

江水仍然在哗哗地往堤内流，报告的人还没有跑到工段办公室。

丹水池响起了报警的锣声。

这时，段长蔡占江和工程师正在工段办公室里研究此处堤防的加固措施。他们在傍晚检查堤防的时候，就发现了此处堤身有发生险情的趋势。

这时，谢滋群指挥正在第一防汛指挥部里值夜班，他时刻守候在电话机旁。

丹水池报险求救的锣声一响，蔡占江立刻命令第三抢险大队出发。

谢滋群的吉普车也同时从戴家山向丹水池飞驰。

人们永远对丹水池念念不忘，因为人们时刻记着丹水池一带是1931年溃堤的地方。

现在，此处单薄的防水墙后面已经加修了内帮，堤身从标高29米升高到30米，经过了比1931年水位高得多的洪水的考验。但是洪水的压力，对于堤防毕竟是严重的威胁。

防洪大军表示，决不能让洪水从这里破堤而入，淹没城市和工厂。就在发生这次险情的前几天，当这里和8级大风搏斗的时候，人们曾经用自己的身躯保卫了丹水池的堤防。

蔡占江和300多名抢险队员及时到达了险情地区。人们的情绪镇定了，但战斗仍在紧张进行。

很快，麻袋土、片石、瓜米石、芦柴已经源源不断地运到了堤上，在堤内坡，一层层的麻袋土很快就垒了起来。

在堤外坡，薛启凤已经摸到了水里的洞口，洪水就是从这个很大的洞口往堤内流，人们开始在3米多深的水里码麻袋土来堵塞洞口。

但是，大家谁也不能肯定堤外坡到底有几个洞口，那就必须在长达250米的堤外坡深水中普遍检查。抢险大队长郑道下达命令：

潜水班的人一律下水检查漏洞，会喝酒的赶快喝酒，立刻下水！下半夜1时有人来换你们的班。

陶明春纵身就往水里跳，他还一边大声地喊："赶快下水啊，随便什么时候换班都行。"

同时，杨先彩一声不响地跳进水里，并钻进深水里去了,刹那间,人们都纷纷下了水,时而探出头来换一口气,马上又潜入水中。

过了一会儿,陶明春从水下浮起来,他用手抹抹头上的水,对大家说:"嗬,这下边有个大个的洞。"陶明春边说边向岸上的人比画了一个碗大的圈,然后他就又钻入水下。

蔡占江听说又发现了一个碗大的洞,他一面脱衣服一面向通讯员说:"回去传达我的命令:要下一班充分休息,下半夜1时来换班。还有,叫把面包、开水都准备好。"

说完,蔡占江就跳进了水中,他摸了一会儿,发现这里果然有一个大洞,跟着,在上游也发现了一个大洞!

麻袋运来以后还要抬下堤坡,已经跟不上水里的需要了,搬运工人闵汉洲、王焕文、魏仁清急中生智,他们迅速找来几块木板做滑坡,麻袋土往木板上一放,就滑下了水。

丹水池当地的人民经历了两个时代的洪水时期,他们已经有了深切的感受。大家在听到报警锣声以后,迅速地爬起床来烧开水、熬姜糖水、煮稀饭,纷纷跑上堤来支援战斗着的防汛大军。

首先抬着茶水上堤来的是黄运莲和贾爱荣两位小姑娘,李赞贤大嫂也提着满篮子茶碗匆匆地跟着来了。

下半夜1时,当换班人们上堤的时候,堤外坡已经筑起了长30米、宽3.5米、高3米的麻袋外帮,堤内坡已经筑起了倒滤井和倒距层。

　　这时候，哗哗倾流的浑水堵住了，细细的清水缓缓地流入小沟。这说明水没有积留在堤身内，使堤身泡湿，也没有把堤身的泥土冲出、使堤身的漏洞扩大，险情控制住了。

　　换班的人们继续进行加固工程，在堤上，谢滋群和蔡占江以及工程师们一起席地而坐，研究这次抢险的成就和缺点。

　　谢滋群说："基本工程过去了，我们胜利了，但是还必须继续施工加固，工程要细致。丹水池，这是无论如何不能忽视的险工地带，工程质量要有严格的保证。"

解放军打退长江巨浪

1954年7月11日傍晚，解放军四〇二〇部队冒雨出动，担任从麻阳街口到丹水池9公里的巡逻抢险任务。

他们就在这沿线堤防上安下营盘，哨兵们荷着枪，赤着脚，在毒火似的太阳下，在暴风雨的漆黑夜晚，守卫着堤防。

战士们警惕地注视着江水，谨慎地在草丛中、乱石堆里、深泥坑中，以至大粪坑里到处寻找，连针眼大的漏洞都不放过。

堤上只要冒出一个小水泡，他们就要插上标记，技术员在检查堤段的时候，赞叹地说："这些小洞，就算用放大镜也不容易发现，可是战士们凭着肉眼却找到了，在战士们面前真是没有打不败的敌人。"

在一个风雨弥漫的深夜，伸手不见五指，人走在泥泞的堤上也一步三滑的，但这时，连长出去查哨了。

连长透过穿透丝丝雨滴的手电光，看到第一哨位上的战士全身趴在泥里，只露出一个头斜贴在堤身上。

原来，这位战士正在寻找堤上冒出来的水是从哪里来的，他只好凭着一只耳朵贴近堤身，听流水的声音，想把洞口找出来。

连长再往前走，在第二哨位上，他看到另一个战士正弓下腰，用双手在乱石堆和草丛里就像找绣花针一样探摸。

原来这位战士没有手电，他唯一的办法就是用手去摸，然后凭感觉哪儿有水冲击着手掌，就赶快用麻袋去堵。

连长再往前走，他看见战士们有的赤着脚走到深及大腿的烂泥中去踩漏洞，有的光着身子用手攀紧防水墙，到江水中去摸口子。

当连长走到最后一个哨位的时候，他看见哨兵正在雨中淋着，连长想起了一件事，就问哨兵："下这么大的雨，你们一个带雨衣的也没有吗？"

哨兵回答："报告连长，带了。"

连长又问："那为什么不穿上？"

哨兵说："是！我们……已经遵照你的命令穿在……"

然后，哨兵借着手电光，把连长带到江边。

连长立刻就发现沿江有一大片黑闪闪的东西，原来，10多件雨衣全都用绳子勒在麻袋上了。

这时，江里的浪头，好像要吃掉这堤身似的，浪一卷过来，麻袋就有半截泡在水里，浪一下去，麻袋上的雨衣就在手电下闪闪放光。

连长用脚踩了踩，麻袋都软乎乎的，已经被泡涨了。他往尽头一看，有一个麻袋已经缺了口，黄土浆正从拳头大的洞口冒出来。

连长想也没想，立即把自己身上的雨衣脱下来，用皮带捆在这个麻袋上。

现在，连长也全身都淋在雨水中了，冷雨灌进脖子里，但连长这时却没有顾这些，他一边走，一边回想刚才哨兵的那句话："是，我们已经遵照你的命令穿在……"

昨天，连长向自己的战士们讲过："爱护堤防要像爱护自己的生命一样！"

现在，战士们真正懂得了这句话，想到这里，连长又想起他向战士们讲过：

军人要无条件地忠于祖国！

这时，连长嘴角挂起一丝自豪的微笑，他自言自语道："有这些小伙子，堤上一根草，江水也卷不动！"

60天来，堤上堤下，水上水下，战士们共发现了3200多个漏洞和裂缝，连队里，每天都有被称为"模范巡堤员"的战士受到表扬和嘉奖。

获一等功的谢俊盛，带病站岗，呕吐7次仍然坚持到底，终于发现30多米堤身下塌的险情。

获一等功的陈德敬，原来在朝鲜战场上就负过伤，现在在巡堤中又创造了"水平测量法"。

获一等功的姚明群，在深及6米的长江水底下，发现了防水墙上的裂缝。

获一等功的岳文周，负伤后仍然不下火线，在一小时内摸堤 7 次，终于发现了浑水漏洞和池底翻水等严重险情。

……………

麻阳街堤和丹水池抗洪工地上，到处都流传着战士们的誓言：

不怕塞北千里雪，何惧扬子江水寒！

7 月 29 日这一天，乌云席卷上空，漫天响起巨雷，8 级大风卷着瓢泼大雨敲打在扬子江上，奔腾的江洪跨过三峡，夹着沿途的树木、庄稼汹涌澎湃地直泻武汉。

武汉关的水位好像一支水银柱放在蒸笼里一样，一分钟一个样。早晨 8 时，它已经暴涨到接近了 29 米。

咆哮的扬子江水，一个巨浪接着一个巨浪，一个浪头压过一个浪头，防水墙上的石块和子堤上的麻袋，不断地被吐着长舌的浪头吞噬着。

守卫在丹水池堤上的战士谢俊盛，警惕地注视着江堤。浪花打湿了他的衣服，狂风刮得他站不住脚。可是情况越是紧急，谢俊盛的警惕性就越高。

谢俊盛清楚地记得附近老乡们的话：这里 1931 年决了口，百万人民无家可归。他时刻想到："万一这儿出了险，洪水冲进来，150 万人民的生命财产不都完了？要对祖国、对人民、对社会主义负责。"

谢俊盛机警地在沿江堤上不断地巡查着，狂风助长着巨浪，随时都可能把他卷入白花花的浪里，当他坚守到11时的时候，突然，浪头一撞，防水墙的石头翘起来了，谢俊盛已经来不及跑到领班的跟前，他就地高声报告："堤快塌了！"

谢俊盛话音未落，堤面的石块已经有两处在向下塌，眼看洪水就要冲进来了。

在这万分紧急的情况下，谢俊盛立即边跑边喊，奋不顾身地用自己的身体堵住汹涌的巨浪。

情况已经非常危险，刚才谢俊盛发出的险情报告马上召来了大批的人，包括四○二○部队五、六连和铁道兵团等，大家都飞身上堤，千万个麻袋包和石块齐下，顿时堵住了洪水的巨口。

30多米长的堤身下塌的险情，终于转危为安了。

麻阳口地势低洼，江水早就高过了屋顶。原来的母堤已经全部泡在水里，就靠用麻包垒起来的子堤阻挡江水。

这儿又是一个江湾处，四面八方的浪都往这挤。回头浪卷起一人高，浪花翻过堤身3米多远。

当连长王万仓带领他的连队奔到险区的时候，堤上的麻袋有的已经卷进了浪花，有的在摇摇欲坠。

王万仓心里就像着了火一样，他一声命令，全连一齐动手，树枝连干带叶往江边沉。他们原来想用树枝阻击江浪对堤岸的冲击，可是不管树枝多大，几个浪头卷来，树就被卷得无影无踪了。

而靠着江边没被卷走的树枝，反而随着江水一起猛烈地冲击着堤岸。

王万仓一边高声大喊："不战胜洪水，决不收兵！"一边纵身跳入江水中。

于是在江湾处，以王万仓为中心，以共产党员和青年团员为骨干，出现了一条"人堤"。这段人堤与上下一望无边的其他江湾码头处的人堤串连起来，有力地阻击了扬子江的万丈巨浪。

浪头压过了他们的头顶，鼻子里呛出了血，耳朵里灌满了水，气都喘不过来，但他们肩靠着肩，两手抓住堤沿上的绳索，紧紧地用身子压住快被江水卷走的阶石，用身子掩护着民工堆砌的麻包、草袋。

大家的嘴唇已经发紫了，脸色发白，浪头啪啪地打在他们身上，眼也睁不开了，可是他们都说："浪头不退不收兵，堤防不牢不上岸。"

6小时后，洪水被他们制服了，武汉城在一次极其严峻的考验后仍然屹立无恙。

7月29日以后的20多天，每天都有风，天天都有浪，有时还夹着一阵暴雨，水位像蚂蚁一样顺着杆子往上爬。

中共武汉市委已经发出号召：

全体防汛大军不怕任何困难，不惜一切牺

牲，全心全意为人民立功，确保武汉，消灭"万一"！

8月3日黎明，麻阳街口并排站着一个连的战士，在队伍前面是连长王万仓，他们面对着滔滔的江水，回头望着可爱的城市，举行了庄严的宣誓：

保证人在堤在，人与堤共存亡！

群众的斗争热情也沸腾了，洪水一厘米一厘米地向上涨，越爬越高，8月18日，水位爬到了最高峰29.73米，比1931年长江溃口时的水位已经高出3米多了。

武汉有水文记录以来，百年内长江从没有过这样高的洪峰。

战士们和洪水赛跑，在麻阳街口到丹水池一带，险情此起彼落，战士们不知疲倦地转战在江堤上。每一次的抢险，都考验着他们的意志。

可是战士们完全经得起扬子江上狂风、暴雨和巨浪的考验，他们打一仗，胜一仗，好像志愿军守卫在上甘岭一样，把堤防巩固得就如一座铜墙铁壁。

战士们用自己淳朴的语言，刻画出了一副英雄的形象和他们对武汉人民的一颗心：

不怕浪头大，

我们的决心更大！
　　不怕险情多，
　　我们的窍门更多！

　　脚踏滔滔万丈浪，
　　把住扬子江上堤。
　　保卫人民大武汉，
　　立功去见毛主席。

　　战士林元魁刚刚 18 岁，他在扛麻袋时被摔昏过去，但醒来后又接着扛。

　　邓兆厉发烧到 39 度，已经两天没有吃饭了，但他还坚持参加抢险。

　　丁国祥一根扁担挑 150 多公斤，黄昌先为了将笨重的麻袋从堤下架到堤上，他弓起自己的身子当跳板。

　　刘安在解放战争中胸部被穿过子弹，锁骨已经打坏了，干起活来痛得像针扎一样，可是他却说：

　　只要能堵住险，别说痛，就是牺牲了也光荣。

　　8 月 10 日，当第五段出现险情的时候，刘安跑了两三里路已经满身冷汗，脸色苍白了，甚至晕倒在地上，但他一苏醒过来，就又加入抢险大队的行列里去了。

在一次预防外脱坡的抢险中，一营战士以半小时的闪击战完成了预计需要两个半小时才能完成的任务。

有一个战士，全连数他体质最弱，平时出公差也很少叫他去，可是在这次抢险中，他却干得非常出色，受到"队前嘉奖"。他后来回忆当时的情景时说：

"看见江水好像要把堤岸吃掉似的，看见同志们一个肩扛一个麻包，我直发急。我也不顾一切了，咬紧牙关，100公斤重的麻袋扛不起我也扛，压得我满身冷汗，两眼直冒金星，两脚直打踉跄，有几次麻袋把我压翻在地上，但我挣扎起来还能扛，有时快要晕倒了，但一下又清醒过来了，我一直坚持到最后。"

修筑坚固的防浪长城

正在武汉防汛进入最紧张的时刻,又遭遇到了武汉从来没有遭受过的非常厉害的大风。

一个深夜,在武汉市防汛总指挥部里,党中央领导同志和武汉市防汛总指挥部负责同志正在长途电话中交谈:

"武汉战斗的情况怎么样?"

"武汉人民在党和政府的领导下,已经动员组织起来,堤防加固加高工程已经走在洪水的前面。"

"如果起了大风,你们怎么办?"

"我们正在加强防浪设备。"

"如果马上就起大风呢?高水位,再加上大风浪的威胁!"

"我们有觉悟的人民,一定能挡住!"

7月26日起,一连三天三夜的风雨,7月29日清晨,倾盆大雨,张公堤、小张公堤上的风达到了6级到7级。

霎时间,风赶浪,浪乘风,堤外掀起1米多高的白浪,直向堤防冲来,游浪冲过了子堤顶,风浪像一匹冲破了铁笼的野兽,把水底压芦排的土袋冲走了,把护坡的芦排抓起来、打走了。

正面迎风的是第一指挥部第三工段。浪涛把1300多米的护坡芦排全部打垮了。土堤坡一经暴露，就被后面涌上来的浪涛打出了无数个洞，洪水往里直涌。

这真是千钧一发的时刻！

巡堤队员、抢险队员和进行堤防工程的部队战士、工人、农民以及附近的居民都迎着暴风雨赶上了堤。近千人奋不顾身地跳下水里，排成了一座人墙。

人们在风雨里从清晨5时坚持到中午12时，才使堤防脱离了决口的危险。

就在当天，最初在张公堤姑嫂树附近抛锚定位的约100米长的防浪木排，胜利地接受了第一次大风浪的考验。

巡堤队员们看见，木排外1米多高的白浪直滚，经过木排挡浪，冲到堤上来的不过是三四十厘米的游浪。堤上的人都不由自主地拍起掌来，他们说："防浪木排有力量。"

此后，防浪排工程大力进行，武昌、汉口主要堤防的防浪木排先后迅速完工。

8月份以来，出现四级以上大风20余次，六级以上大风8次，就依靠人们创造出来的"防浪长城"，代替了人墙，保卫了堤防的安全。

大家知道，进行这样一个巨大规模的防浪工程，需要数量惊人的木料、篾缆、铜丝绳、铁锚和其他物资，光靠武汉市是不可能拿出这些东西来的。

湖北、湖南、江西、广东、广西、河南、上海等省市都给武汉市以大力的支援。

湖北省森林工业管理局、湖北省军区司令部、市木材公司等10多个单位支援了木料。

为了支援武汉的铁锚，上海市有关单位曾进行紧急动员，他们一面组织生产，一边在市面上收购。除了用专船运铁锚来武汉以外，他们还每次都赶着从上海到武汉的客轮运来。

运锚上船延误了开船时间，乘客们为了支援武汉也都自觉地等候，没有怨言。

上海市甚至还担心武汉市防汛经费受限制，在铁锚的价格上除了工料费、运费以外，免除了加班费、管理费、利润和税金。

早在武汉关水位还没有上涨到28米的时候，防汛总指挥部的指挥们根据对雨情水位的分析，就考虑到今年可能会出现特高水位，在高水位长期持续中，很可能遇到大风浪的袭击。

当时上堤参观的苏联专家也提出要注意防浪设备，总指挥部经过多次与多方面研究商量，很多办法都被想出来了。

有人建议在水面倒油压浪，有人又提出在堤坡抛石防浪，或在堤外用油桶防浪。

最后，有人根据水桶里放木块可以减少水面波动的道理，才想到了汉阳鹦鹉洲和武昌白沙洲上的木排。

总指挥部肯定扎排试验以后，人们所提的木排式样又是多种多样的：枕木排、连子排、蓑衣排、链排、骨牌抖子等等样样都有。

经过与工人、工程技术人员研究，最后确定了采用容易扎又容易保安的骨牌抖子。

这时，领导和群众都是在摸索着干，木排究竟能不能防风浪，谁也作不出一个肯定的结论。

但是，有一个意见始终是肯定的，那就是：武汉必须确保，风浪必须防御。

7月29日，姑嫂树附近的木排胜利地经受了6至7级风的考验，总指挥部就下了最大的决心。

当时还有人怀疑木排防浪的作用，他们说："木排从来只有躲风浪，没听说过挡风浪。"还有人说："木排撞了堤更不得了。"

总指挥部从确保武汉出发，一点也不动摇，抽调人力，组织物资，向中央向各地请求支援，并把"加强防浪设备"列为以后几期工程的主要项目，指导着防汛大军的行动。

防汛战士们积极响应了总指挥部的号召，为了争取时间赶制赶运木排，工人们不分昼夜、不顾休息地工作，300多名干部，2000多名工人，在3万多个工作日就把62公里的木排赶制出了。

木排抛锚定位后，护排工人又进行了全面大检查和经常的检查加固保安。

风浪一起，护排工人们就带上锤子、斧头、锯子、钳子、铅丝、钩子赶上木排，不怕大浪摇晃，不顾浪水湿身，坚决地保护住木排，不让木排在风浪撞击中移动位置、抽根或散排，更不让木排撞了堤身。

在 7 月底的某一天，已经在排上做过 10 多年的工人刘毛二接受了戴家山转运木排的任务。在排上，连日里的狂风暴雨把雨衣和内衣都打得透湿，风浪把木排掀起很高。排上的人被摇得站不住脚。

刘毛二和工人们就迎着暴风雨在排上坚持战斗了两天一夜没有休息。

当时有人要刘毛二上坡避避风浪，但刘毛二想：子堤单薄，木排是防浪的，万一大风大雨冲走了木排，撞垮了子堤怎么办？

于是刘毛二向排上其他的人说："同志们，保卫 150 万人民要紧，保卫武汉市要紧！为了工厂不被淹，为了使社会主义能早日来到，我们要把整体利益放在前头，排在哪里我们就守在哪里！"

在刘毛二的影响下，能够坚持的人都留了下来，又继续与风浪和大雨进行了一天一夜的战斗。

刘毛二突然发现扎排的渡绳快要扭断，木排将被水冲走，他又不顾一切地把钢绳往腰里一捆就跳下水去。

风浪大，钢丝绳沉重，刘毛二被压得喝了几口水。但他终于抢划到前面的排上，用钢丝绳换去即将扭断的渡绳，保住了木排和堤身的安全。

青年许远成从小就在排上干活，过去他信奉"水王爷"，现在，他为了找锚加固武昌白沙洲上倒口堤段的木排，带动群众跳进一个容易出生命危险的深水地方去摸锚嘴。

事后有人问许远成为什么这样不怕危险，许远成说："排撞了白沙洲的堤关系七县人民的生命安全，我怎么能光顾个人的事。"

别人开玩笑说："水王爷呢？"许远成说："水王爷靠不住，我们当了家，就要靠自己！"

青年突击队参加防汛

1954年7月4日，在武汉抗洪防汛最紧张的时刻，洪水漫无止境地不断上涨，为了守住祖国的名城，全市各机关和大、中学校2.3万青年，组成了防汛青年突击队。

7月5日华中师范学院青年突击队到达了陈家山工地。中南机关、市二男中、市二女中、贸易学校、工农速成中学、武汉一师的青年突击队员先后参加了保卫硚口水厂、申新纱厂的防汛工作。

他们为了保证全市人民财产安全，及时地搬运了大批砖块和泥土，供给工人们修好防水墙保护厂房，并且把汉阳的土运过河来，以筑堤保卫申新纱厂。

高等学校及湖北省中等学校青年突击队积极参加抢修武青堤，白沙洲第二防线一、二段的战斗任务。

在武汉市漫长的大堤上，在汉口各分指挥部，在武昌，在汉阳，在著名的陈家山、月亮湾、柏泉山、仙女山等工地，青年突击队积极投入了战斗，哪里需要就去哪里，要去多少人就去多少人，分配什么任务就担什么任务。

在整个战斗中，青年突击队共计出动24.9万多人次，出43万多个工作日，共完成装卸运土49万多立方。

与学校、机关的青年突击队一样的工厂、街道的青年突击队，在工厂或区党委的领导下，也发挥了青年人的积极力量。

7月13日，是工厂的休息日，但青年突击队员却淋着蒙蒙细雨，首次接受了加固工厂后面土堤防止溃水分割的任务。他们在一个假日，完成了保障工厂生产安全的修堤工作。

第五发电厂的青年突击队在支援防汛、保证安全供电的斗争中起到了突击作用。他们修堤检查泄水情况，排出溃水，使机器不受水淹，克服艰险困难，完成了任务。

电讯局的青年突击队在生产中克服了防汛以来业务增加、人手不足的困难，保证了电讯的通畅。

西马路街青年突击队，在协助搬迁时，冒着大风大雨，不分日夜地紧张工作，一面向灾民宣传党的政策，一面配合户籍工作人员巡查灾区，保卫灾区的安全。

各民族的青年和武汉市青年肩并肩地投入了保卫武汉的战斗中，中南民族学院突击大队是一支由汉、苗、瑶、侗、壮、黎等10多个民族的学员、干部、工人和中南民族歌舞团部分团员组成的队伍。

在武昌外三段、外四段、外五段、内四段、内五段、内六段、直属工程科、南望山、第三发电厂等工段上，民族学院突击队都承担了重要任务。

每当暴风雨袭来的时候，他们都是整装待发，迅速出击，他们虚心地向工人学习筑堤打夯，并开动脑筋，创造了 32 秒装一车土的纪录。

华中师范学院、武汉一师、市一女中等校的青年突击队员都战斗在陈家山，在这一块阵地上，每一米都印有他们的足迹，每方土都浸有他们的汗水，他们和工人们一起，把陈家山的土搬上了张公堤。

当武汉一师青年突击队开到陈家山的第一天，一片晴天大太阳，地下的土坚固得和铁石一样。

突击队员们不会用锄头也不会用铁锹，几分钟以后手上都起了泡，中队副吴祥参加第四小队的工作，一上来就猛干了一顿，被大太阳一晒，他头晕手软，支撑不住了。

但是，吴祥想起自己要起到带头作用，他就一分钟也不停息地继续工作下去，他放下挖土的锄头，拿起盛土的畚箕，投入了装土的热潮中。

第二天，开始了大风大雨的连阴天气，泡松了的土不再像昨天那样坚硬了，可是挑起来又沉又重，路上一片泥泞，滑得人站不稳脚。

吴祥今天又争先去挑土了，他挑起担子顺着跳板慢慢地前进，空担回来的时候，他就越过滑坡快快地跑，突然一个失脚，吴祥便哗啦一声跌了个仰面朝天，躺在了水塘中。

大家正要去拉吴祥，他已经一翻身爬了起来，又继续干。

在吴祥的带动下，同学们都争先恐后地要求担任挑土的任务。泥土像雪崩一样在青年突击队员的手下驯服了，一担一担地被装上船只，运到湖对面的张公堤上。

入夜后，青年突击员们进入了帐篷，靠边沿的铺位湿漉漉的不能睡人，原来每个人就只有尺把宽的地方更挤不下去了。

有的人将自己的位置让给了铺被淋湿的同学，抱着帐篷的柱头半立半睡，等待着天亮。

有的连最后一条裤子都湿透了，有的用褥单围住身体躺着休息。

外面的风越刮越大，突然一个帐篷要倒了，17岁的青年团员张春保悄悄地冲了出去，在雷雨电闪中抢修帐篷，免得帐篷里全体队员都要受冷受淋。

张春保借着闪电的光亮，从这个帐篷边转到那个帐篷边，一直将大队部的帐篷和供应人员的帐篷都钉好了。他再跑回来的时候，浑身已经被雨打得水淋淋的了。

张春保是在突击队出发前一刻接到父亲死讯的，他心里当然很难过，但张春保还是坚决地踏上了防汛的征途。

还有一次，张春保在一个大风大雨的晚上，从水厂送通知到四男中。

由于风雨大不能骑车，张春保赤着脚板，推着脚踏车，在黑暗中摸索前进，他一个失脚，连人带车跌在泥泞的地上，车摔坏了，他的腰部淌着鲜血。但张春保迅速地爬起来推着车子就跑,并按规定时间送到了通知。

连天的风雨也增加了供应工作的困难。

青年团员郭怀顺原来是班上的团支部书记,后来是青年突击队第四中队副队长,现在却负责做供应工作。

开始郭怀顺思想上有点想不通,但是他仍然服从了组织的分配,尤其在郭怀顺看到能够好好吃一餐饭对于突击队员战斗力量的鼓舞作用以后,他便把全部精力投入供应工作之中。

不管风怎样急,浪怎样大,只要有船过湖,郭怀顺一清早就到戴家山采购东西,淋雨去淋雨回,保证不让突击队员空着肚子工作。只要伙食能够使大家满意,他和供应组全体组员便感到无上的光荣和愉快。

在月亮湾,在采石场,在各个战线上,青年突击队从来没退却过。

他们亲眼看到高高的山坡变成平地,雄伟的长堤在一筐土一担石的垒积下像巨人一样屹立起来挡住洪水,百里多的防浪木排像水上长城一样护住堤防,这时,他们才深切地体会到劳动的意义。

青年突击队员们亲历了烈日暴雨的侵袭,肩肿手破的疼痛,以及泥深路滑、饥寒疲劳与技术操作上的困难。当脚穿上了草鞋,扁担、锄头代替了笔杆,几个小时工作过后热汗直淌、立足不稳的时候,他们更认识到劳动者的辛苦。

大家都惊叹"劳动真能移山倒海",体会到"挑担子换肩膀也不简单",明白了"连洗服也要技术",觉得"天下最伟大的事业就是劳动……"

于是他们对劳动和劳动者充满了深厚的感情,感到"一粒米一尺布是多少工农劳动者的血汗",而当自己手上糊满了泥巴,身上浸满了汗水的时候,更感到劳动人民的手不脏,劳动人民的身上不臭了。

华中师范学院女学生黄爱民说:"我们原来上体育课时都不舍得用这双弹钢琴的手去打球,也舍不得放开嗓子呼喊。但是,在紧张的劳动中,我们谁也没有考虑到双手弄粗,嗓子会喊哑。当祖国正需要我们的时候,我们是为了自己的手和喉咙而忘了集体呢,还是为了集体事业而去劳动和斗争呢?当然是为集体而不是为个人,而为了集体的人,是永远幸福的。"

农民参加防汛斗争

1954年,在武汉防汛的广大农民和工人、人民解放军战士一起并肩作战,在汉口、武昌、汉阳的堤防上,在采土采石的荒山野岭上,不避艰险地日日夜夜地战斗。

无论狂风暴雨、风涛险浪或炎热天气,农民们坚持与洪水搏斗,终于战胜了近百年来的最高水位。

防汛一开始,来自武汉市的郊区,来自百里以外的武昌七区的梁子湖畔,来自遥远的汉阳四区的侏儒山下,成千上万的农民奔向保卫大武汉的堤防。

在郊区,在武昌和汉阳县成百上千的村庄里,有的村里已经漫进了渍水,有的房屋已经被水淹没,但是他们却纷纷响应政府号召,从四面八方一支一支的队伍集中了起来,准备同自然灾害进行艰苦的战斗。

汉阳六区陈家岭等乡支援武汉防汛的农民队伍,一接到命令,就打锣集合了几千农民,并提出了口号:

保卫大武汉,保卫工厂,保卫社会主义建设。

在短短的6个小时内,这支队伍就组织起来了。武昌沧海乡民工队,在武昌县防汛工作会后,原来只要动员100多人上堤，党支部一号召，300多农民马上自愿报了名，并且献出了麻袋800多条，棉絮15床，树木15根，稻草3.75万公斤，还保证全乡76只木船供防汛调用。

汉口惠济区广池乡还支援了11.5万公斤麦草供抢险使用。

武昌县太渔乡全乡只有400多个劳动力，也是全部开上了堤。开始是150个人去保卫徐家棚一带的堤防，接着108人去保卫沿江堤防，参加保卫市区中心的战斗。

第三批，200多名队伍开上了武昌下倒口，要使1931年破了口的地方，像磐石一样地牢固。

战斗在长丰北垸的卢幼芝和韩友梅、宋秀英等，她们都奋不顾身地跳到不知道多深的水中，勇敢地去堵塞漏洞，用自己的身体去抵挡汹涌的巨浪。

宋秀英当时还是市立52小4年级的小学生，她在竞争中被吸收入团。而青年团员卢幼芝则在战斗中加入了中国共产党。

洪水乡农民梅华亭为了发现洪水稳落时期防水墙倾塌的险情，他和他的同伴创造了下水用直尺"量"的办法。尺是平的，靠在防水墙上，什么地方突出来就可以马上量出来。

东亭乡民工炊事员傅龙炳原来不大会煮饭，但是他想，既然接受了这个任务，那就要搞好它。他想出了种种办法，做合乎大家口味的菜，烧了又适合老年又适合青年的、不硬也不软的饭来。

青年农民简木卿和胡国清工作细致耐心，开动脑筋，发现了麻包棚角处的大鼓包和篾笼子底下的牛皮包等隐患。

分洪区的农民为了保卫社会主义工业建设的基地之一武汉，不惜牺牲了自己可爱的家园，老屋阳乡农民张连鸿说："饮水思源，不能忘了党的恩情，我们农民几千年来受苦，是解放才翻了身。共产党人民政府哪一处不是为劳动人民，只有保住了武汉大工厂，才有农民的幸福日子。再说，政府分洪有计划，政府从来都关心人民的。"

熊祠乡乡长陈新元一面写信给乡里叫开展生产自救、利用空地种菜和打鱼等副业，一面组织在堤上的生产合作社社员把可省的钱存入信贷合作社，以便水退后投入生产。

汉阳金鸡、和丰等14个乡74个青年抢险队员，他们总是战斗在最危险最艰苦的地方。金鸡乡农民徐世金一直认真地对待巡堤工作，无论风浪多大，天气怎样冷，白天或黑夜里，他总是下水摸漏洞，从不遗漏一块位置，在半个月内他一共摸出了小漏洞200多个。

黄陂县民生垸，在1931年被完全淹没在水里，今年，洪水更严重地威胁着这里。战斗在陈家山的工人队伍，几次穿过波浪汹涌的湖面，冒着风雨去支援民生垸，援救了一个垸子里七八万农民和8万多亩田地。

江汉区工人大队袁秉心在抢险中英勇地牺牲了。农民代表杨栋臣说:"袁秉心同志为了抢先下船支援我们,在大风浪中落下了水,他为我们农民的切身利益牺牲了自己,他牺牲的时候,手里还紧紧捏着圆锹不放,我们每一个农民没有不伤心的。"

在农历八月十五的夜晚,要卸1000包瓜米石,工人们说:"今天过节,请农民兄弟多休息一下。"大家不作声就把瓜米石卸了下来。

巡堤队员紧急抢险

1954 年 7 月初，武汉关的水位超过 27 米，并且继续猛涨，武汉市开始受到江河洪流的威胁。

就在这个时候，武汉市防汛总指挥部一面组织了 10 余万人的防汛大军，加固加高堤防，另一方面又组织了巡堤抢险队伍，和洪水搏斗。

这支队伍包括 2.5 万抢险队员和 1.1 万巡堤队员，其中有人民解放军战士，有熟悉水性的潜水工，还有富有施工经验的建筑工人，另外还有部分农民、机关干部和学生。

除一部分机动抢险队由总指挥部直接掌握外，其余都分驻各分指挥部的防区，巡堤的人员时刻监视着洪水，抢险的人员日夜做着战斗的准备。

以市防汛总指挥部为中心，呼应灵通的通讯网密布到全部堤防线上。

各工段都有直达分指挥部的电话，各分指挥部和总部之间，不但装设了有线电话，还有无线电话。堤上任何角落发生严重的险情，都能迅速上报，使总部及时掌握全部战局，作出抢险战斗的部署。

无论是暴风雨的深夜，还是烈日当空的正午，巡堤队员们都怀着高度的责任感，在堤上搜索隐患，监视险情。

全部堤防线划成了很多责任区，各由专人负责巡逻检查。交接班的时候，交班、接班的共同巡视责任区，细致地交代情况。每个责任区都有险情日志，记下每天发现的隐患和旧险情的变化。

在侦察隐患中，巡堤队发挥了各种智慧，波浪中不易看出漏洞上的旋涡，他们就将稻糠、纸撒在水面，寻求旋涡的踪迹。

对正常的水流声和险区的水流声，找出了辨别方法，一听水响就能发现险情。

堤身开始有一点轻微的变化时，人的肉眼很难看出，巡堤队员程光华、邓炘生共同研究，他们做了一个T字形的木架，插到堤上，木架横木中间吊一根线，线下吊块石头，只要堤顶有丝毫变化，线就会移动，一看就能辨出堤身轻微的下陷和倾斜。

沿着百里长堤，在堤外的急流深水中，铁道兵团和人民海军的潜水兵，一寸一寸地摸索堤身，寻找渗漏的洞口，包括自来水管道和下水道闸门。

洪流浑浊，江底淤泥没过膝盖，很多堤段下面还有交错的铁索锚链、带刺的树枝和破碎的竹木，行动十分吃力，他们以惊人的毅力和顽强的意志克服了这些困难。

8月间，铁道兵团潜水员唐树森在武汉关前的深水中寻找和堵塞漏洞，他从黄昏时候开始工作，最后一次出水时已经是第二天的黎明了。

唐树森的双手在水下泡得高高肿起，潜水衣的袖口染上了手腕的血迹。

有一次，海军潜水员葛汝清下水工作，他随身输送空气的橡皮管带被水中的绳索缠住了，氧气不足使葛汝清呼吸急促，头晕眼花。

葛汝清浮出水面以后，医生再三劝他休息，但是不到两个小时，葛汝清又去工作了。

到了八九月份，堤身经过洪水的长期侵蚀，含水增多，经常出现险情，险情的发展比以前更加迅速。

8月3日夜，巡堤队员在丹水池的堤内坡发现了一个3厘米大的管洞在流浑水，不到一会儿就扩大到了10厘米，幸亏发现得早，抢险队闻警赶到，马上动手堵塞了。

在成千上万次变化迅速的险情中，哪怕及时发现了999次，只要延误了一次时机，激流的洪水就会奔腾而入，但是巡堤队员们消灭了这千百次中的一次例外。

当武汉关水位达到29.73米的最高峰，开始逐步回落的时候，市防汛总指挥部丝毫没有放松警惕，集中全市巡堤队员在实践中创造的经验，定出了巡堤规则。

广大的巡堤队员也时刻扫清队伍中萌芽的骄傲麻痹情绪，坚持不懈地搜索隐患。在落水期中，从8月20日到9月5日这10多天内，单是汉口第三防汛指挥部的巡堤队就连续发现了142处隐患和险情。

在持续3个多月的防汛工作中，堤防出险的情况经历过几个阶段。

初期,一般都是散浸,洪水从堤外渗入堤内。到了第二个阶段,发生了很多管漏,高水位的压力在堤身打开管状的漏洞,激流从中涌进;同时,随着水位的高涨,堤身的浸润线提高,堤身内部含水饱和,又发生内坡向下沉塌的内脱坡险情。

而到了防汛战斗的后期,青砂管漏陆续出现,洪水透过地层下的青砂,像喷泉一样从堤后冒出。这中间,还发生过风浪袭击、防水墙倒塌、驳岸倒塌等险情。越到后期,抢险的技术越复杂,抢险队伍的指挥也更困难。

第一次严峻的考验是7月29日的风浪袭击。

那一天,武汉关的水位在上午8时就达到28.71米,暴雨整天不停,6级风卷起1米高的巨浪,猛扑当时还没有防浪排保护的堤防线。

各级指挥部里的电话铃不断发出急促的响声,全线告急:江岸车站段附近的堤身崩塌了两米宽、30多米长,浪涛冲散了张公堤的护堤芦排,长丰北垸罗家湾一带有一部分子堤完全被波浪冲垮。

在风雨泥泞里,成千上万的抢险队员紧张地搬石、装土、挂柳枝,跳进波浪中排成一道道人堤,浪头涌来,他们全身没入水中,浪头刚过,他们又挺立起来。

长丰北垸罗家湾一带,风浪在堤身上冲开很多洞口,有个洞有1米多宽,七八十厘米深,翻腾的波涛不断涌来,洞越掏越大,越涌越深,抛下去堵口的麻袋都被浪头卷走,情况十分危急。

罗光田马上跳进洞中，用身体堵住它，让战友们抢堵其他的洞。堤下的柴、木料随着浪头向罗光田撞来，好几次将他深深地压入水底，他挺起宽阔的胸膛，挡住汹涌的波浪，在水中坚持了8个小时，直到更多的战友们赶来帮助他们用麻袋将洞完全堵塞。

罗光田上岸的时候，他的全身都是伤痕。

工人、农民、战士手挽着手，肩并着肩，挡住了汹涌奔腾的长江水。

战胜这次大风浪以后，市防汛总指挥部预计到接下来的斗争将更加复杂、艰苦，因此不断地加强对抢险队的技术训练。

全部抢险队员抓紧战斗间隙，通过讲课、讨论、演习和总结第一阶段经验教训的方法，学习了抢救大管漏、内脱坡、迎流顶冲、风浪袭击、驳岸崩塌、子堤决口和防水墙决口等十大险情的抢救办法。

8月10日黄昏时候，武汉关下陡然从地里冒出一股巨大的激流，并涌向江汉路、鄱阳街。

抢险队刚刚堵住冒水的洞口，武汉关的围墙里突然又冒出五股水头，在这严重的情况下，队伍开始有些慌乱。

这时大家意识到，单凭勇敢已经不能战胜这样的险情了，还需要发挥集体的智慧。

指挥员马上向这一带的老居民了解地形，他们从一个在武汉关下住了30多年的老大爷那里，详细地调查了水的来路。

原来，马路下有一条赶猪的巷子和一所地下厕所，江水从猪巷中冲进，被压住后就从附近的阴沟里冒出来了。

根据这种情况，指挥部迅速确定了战术：统一指挥，整顿战场秩序，把抢险队伍组织好，一方面从堤外堵住水的进口，一方面在堤内冒水的几处地方做围井，严密地注意险情的变化，防止地下厕所下塌。

等到潜水员深入堤外4米深的水下时，才发现洞口有1米高，80厘米宽，还在继续扩大，他们一走近洞旁就被激流冲向洞里，很难站得住脚。

他们在现场立即组织了临时指挥所，由一个负责干部统一指挥，设立了器材供应站、指挥联络站、卫生医疗站和服务队。

运土、装土、缝袋、打夯、在堤外的洞口塞麻袋、盖钢板以及各种服务工作都有专门的队伍负责，在统一的领导下协同战斗，秩序井然，迅速地消除了险情，涌进市区的洪流完全被堵住了。

在第二阶段，抢险队不但要和这样严重的大管漏作斗争，而且还经常要抢救内脱坡的险情。

8月8日，长丰北垸额头湾附近发生内脱坡险情，90米长的堤身内坡下陷了1米，有决口的危险。

傍晚，广播器中发出告警的信号，附近的抢险队伍蜂拥而来，2000人集中在险区内，调动不灵，效率不高，堤身负荷的重量突然增加，内坡下陷更快，两端已经漏水。

形势危急，需要自觉地、有秩序地组织战斗。

马上，汉口第二防汛指挥部在现场成立了指挥所，命令多余的队伍退出险区，只留两连解放军战士和一队建筑工人抢险，指定一队建筑工人在险区两端休息，就地待命。

参加战斗的队伍，也分别划分固定的工作地段，有专人和指挥员联系。在强烈的灯光下，战斗有序地展开。

在内坡堤脚，大家抛石护脚，稳定基础，在内坡上用柴、黄土一层层填实下沉的部分，在有渗漏的地方做倒漏沟。

现场的队伍经过 8 个小时的战斗，生力军又上来接替，在两夜一天中抢救脱险。

防汛斗争进入激战阶段后，武汉关水位在 8 月 18 日达到百余年来的最高峰 29.73 米，面临这样严重的情况，市防汛总指挥部为了确保武汉地区的安全，从最坏的情况设想，准备抢决口大险，组织了一支用现代化机械装配起来的抢险队。

这支队伍拥有 69 辆汽车、两艘登陆艇、20 艘轮船和一批驳船。

每辆汽车上都载有各种抢险器材，接到抢险命令时，只要两分钟的准备就能开动，驶向险区。

轮船的船员们日夜值班，随时准备着锚链绳索待命出发。

夜间抢险，有4艘设了探照灯的拖轮和快速货轮从水面放出光芒，照亮险区。

驳船上排列着150多根18米的钢板桩，打桩机随时可以把它捶入堤坡坡脚，堵塞堤防漏洞。驳船上还堆放着盛满巨石、每只重0.5万公斤的铁丝钢筋笼，万一堤防决口，两艘可以起重10吨物资的吊杆船轻舒长臂，就能从决口处12米开外的地方，将铁丝钢筋笼一只接着一只地送去堵口。

把积水赶回长江去

1954 年 7 月，标着"北京""官厅水库""长江水利委员会""鄱阳湖水泵厂"等字样的木箱不断地从卡车上卸下来，越来越多的抽水机运到了张公堤上。

大家都清楚，不排掉堤内的渍水，堤身内外就要同时受到侵蚀，一分一秒的时间都十分宝贵，需要在最短的时间里装好每一部运到的抽水机。

来自武汉市各机械工厂和长江水利委员会工程总队的机器工人们提出了响亮的战斗口号：

在每部抽水机的零件到达工地后的 36 小时内，保证把它装好！

卸机器的吊车喘着气，吼叫着，吊车下的斜坡上，展开了一场紧张的工作。

7 月 1 日晚上，浓密的乌云仿佛就压在堤顶上，狂风带着波浪冲击堤身，大雨哗哗地倾泻下来，在金银滩附近，几支探照灯的强光划破了黑暗，透过雨水，照射着正在安装的抽水机。

在第一抽水机站的工地上，来自武汉汽车配件厂的萧耀华和他的伙伴们正在想办法解决一个困难问题：在堤内这一面，堤脚到堤顶的斜坡相当长，从官厅水库运来的抽水机中有一部送水压力较小，不能将堤内的水排到堤外。

大家都在怀疑：难道要将这部抽水机搁下来不安装吗？

萧耀华说："不！要装，要使它发挥力量！"

于是，萧耀华开始想办法改装机器的进水口和出水口，调整一些装置。

大雨淋得人眼睛都睁不开，斜坡上滑得站不住脚，萧耀华弓着身子，迎着狂风，爬上坡去找6寸水管。

在灯光下，人们看到萧耀华忽然摔了一跤，大家刚要去扶他，却发现萧耀华已经站起来走远了，那里已经没有了灯光，当闪电再次照亮堤上的一瞬间，又看到他刚从前面另一处泥浆里爬起来。

按照萧耀华的办法，大家共同努力，这部抽水机终于装好了，堤内的水开始从它的出水口喷射到堤外。

大家看到，刚刚43岁的萧耀华头发已经斑白了，他一刻也不停歇，人们都劝他休息一下，但萧耀华却说："同志，不行啊！洪水不等人，我们要赶过它，战胜它，没有休息的又不只是我一个，小张还在带病工作呢。"

萧耀华指的小张叫张格培，是个青年团员，他跟萧耀华一起来的，7月1日上午在泥水中干活，暑气一蒸，张格培吃的东西全都呕吐出来了。

大家叫他回工棚里躺一下，但张格培怎么也不肯，仍然鼓着劲干。

张格培和其他一些从武汉汽车配件厂来的青年工人一样，都是新中国当时正在兴建的第一汽车制造厂招收的新工人，这几个月正在武汉汽车配件厂实习。

这些刚实习毕业不久的小伙子，也都走上了和洪水搏斗的最前线，在风雨泥泞中坚持战斗，他们说："这是最好的实习，在这里跟着老师傅们干，不但可以学到在工厂里所能学到的东西，还可以学习应该用什么态度来为祖国服务，为人民服务。"

武昌车辆厂的姜志齐扎好一个木排，他将木排放在堤内的湖面上，站在上面安装抽水机的水管。姜志齐一使劲，木排陡然下沉了，他扑通一声就掉到湖塘里去了。

姜志齐从水里爬起来的时候，在风雨中冻得起了一身鸡皮疙瘩。但当他发现一个扳手掉到水里去了的时候，姜志齐马上又翻身跳入湖中，在水下摸索。

因为战斗紧张，各地运来的抽水机先后到达，其中有些不是一次就运来了整套零件，但抽水工作又要马上展开，机器工人们就想办法克服困难，把能够装配在一起和不同机器上的零件装配成套，迅速地发动起来。

周子卿提出，要争取以 4 个钳工工时来安装一部抽水机。

6 月 30 日那一天，周子卿和武昌车辆厂的 12 个人装好了 4 部电动抽水机的全部水管和另外 5 部电动抽水机的进水管子。

当时，有很多机器工人住在戴家山对面，路上水深齐膝，路的两旁一边是很深的湖塘，一边是泥浆十分厚的田野，回去要一脚一脚地探着走。

在暴风雨中，棚屋没有赶建起来以前，大家就在露天吃饭，弯腰遮住饭碗，一口饭菜一口雨水地吞下去。

就在这种艰苦的环境中，大家唯一的抱怨就是嫌自己做得还不够快。

黄昏时候，武汉市万家灯火齐明，机器工人们望着远处的灯火，激动地说："苏联帮助我国建设的156项大企业有些就要在武汉兴建，真不简单，要赶快把水排出去才好！"

修筑武昌防洪大堤

在武汉抗洪抢险期间,从金口牛头山到青山武丰闸,蜿蜒50公里的武昌沿江干堤,抢险工人保卫着武昌地区国家建设和人民的安全。

武昌百里长堤,是由武金堤、市区沿江堤、武青堤连接组成。如果从几百万分之一的地图上看,它几乎是一条直线,然而,实际上它却像一条长蛇般弯弯曲曲。

长江的水从上游滚滚东流,到金口,河道转了一个弯,江北岸耸起大军山,江水在这里对河床偏低的南岸武昌冲来,武金堤就遭受着这一股直杀来的江水的冲刷。

江水流过武昌市区,河道又微微转了一下,于是武青堤就受到风浪的严重威胁了,每当风暴来临,江浪猛烈地撞击着河岸,溅起一两米高的浪花。

从自然来看,武昌堤防就是如此。武昌堤防堤身一般说来都比较单薄,土质不好,基础很差,堤顶标高平均只有28.7米左右。

6月份,长江水位开始上涨,大家就是在这种堤防基础上开展防汛斗争的。

防汛工作已经进行了将近两个月,大家总是走在洪水的前头,堤坝普遍地加固加高了,人们很难计算清楚,在过去的一段时期中,在全国人民和市防汛总指挥部的支援下，武昌付出了多大的人力、物力。

大家认为，武昌的堤防基本上是巩固的，它被27米以上的高水位洪水侵蚀了已经有40多天了。

7月18日，长江武汉关水位突破武汉有水文记录以来最高洪水位28.28米以后，在这些严重的日子里，武昌防洪大堤经受了7月27日、29日的大风暴，在高水位长期持续的严重情况下，不止一次地战胜了大风、大雨、大浪的几面夹击。

武昌大堤仍然屹立在洪水面前。

但是，堤防也并不是从来就是如此巩固的，有些40岁以上的武昌老居民说："在国民党统治时期，1931年7月24日武庆堤决口，那时，长江水位只不过是26米多一点；同年8月19日，武青堤蒋家墩处又决了口，那时长江的武汉关水位是28.28米，上下堤防都决了口，武昌及湖北部分地区遭受到空前的灾难，大水漫天遍野涌来，极目四望，一片汪洋。"

有一个50来岁的老船工陶春生亲身参加过1931年的堤防修筑工作，他说：

"国民党的时候，我们出了捐还出人，征我们上堤做工，像捉强盗似的，用绳子捆，用枪顶，工具、口粮全自己带。

"在堤上谁管你的死活，监工的大都是官僚的走狗，他们都趁火打劫捞一把，手里拿着马鞭、竹棍子，架子吓死人，成天赌博、打架，不干正经事，上了堤，逛来逛去,有理无理地打人。

"我们家里卖粮食、家当出捐修堤,钱拿出来了没有看见用,就入了别人的腰包。其实,我们老百姓都有心想把堤修好,保住自己的身家性命,国民党这样子搞法,我们有心也变得无心了,管他娘的堤倒不倒,与其在堤上被拖死、打死,还不如留着一条性命活着慢慢来。

"民国二十年,也就是1931年,武庆堤倒口是怎么倒的?讲水,水没有今年大,讲堤,堤还不都是泥巴做的。怎么能怪水大、堤不好咧!全怪人哪。

"那年堤内坡的泥巴往下直淌,大块大块地崩塌,国民党的官僚和他们的走狗,到紧急时都跑了,人找不到,材料也没有,我们有心无力,眼望着水冲进来了。

"共产党修堤才叫作修堤,水涨堤高,总是走在水的前面,真是要什么有什么。这些都还在其次,主要是人齐心,共产党的干部带头干,大风大雨,日里夜里都在堤上。

"解放军、工人、农民、学生,还有居民,都参加挖土挑泥,男的上堤不说,女的也上堤,这样子修堤,有什么说的,修起来的堤,就是铜墙铁壁。"

余三老是一个青年农民,他家里有母亲和弟弟,但母亲和弟弟在他上堤后都病倒了。余三老怀念他们,但他却没有回去看他们,一直坚持在堤上与洪水战斗。

7月27日大风雨,子堤外堤脚被江浪冲刷得一块一块地坍塌。余三老这时在堤上巡逻,当他发现这个情况的时候，就奋不顾身地跳进江里，把麻袋土垫在子堤脚下。

但是风大浪猛，麻包刚一放好，就被浪卷走了，紧急关头，余三老迅速地把身子侧过来，伏在刚放好的麻袋上，挡住风浪，加重麻袋重量，使麻袋放下去站住脚，使子堤不因堤脚被刷空而溃决。

解放军战士韦老亮在工地上是有名的"大担英雄"，他每担都挑75公斤，在来回300米的距离内，每小时挑23担以上。

而且韦老亮每担都是这样，每天都是这样，他在18小时内一共担土2544担。

7月18日下午，洪山乡新新农业生产合作社社员、民工吴正建正挑着土在堤上行进，突然畚箕的弓子断了，弓片蹦起来，打中了吴正建的左眼，顿时，他的眼睛红了、肿了，他匆匆忙忙在工地医疗组治疗了一下，涂了点药，绑上纱布，就又干起来。

领导叫吴正建休息，可他不愿意，吴正建说："左眼看不见，还有右眼，比起在朝鲜战场上受伤不下火线的志愿军同志，这算得了什么！"

民工们看见吴正建受了伤不肯休息，大家又担心他挑土走路不方便，就主动照顾他，给他上土上得少些。

但吴正建却好像受了侮辱似的，他光拣着重的挑，他说："为什么给我少上一些呢？我眼睛伤了肩膀可没受伤，每个人每一次都多挑一公斤土，全队一次就要多挑

100公斤，一天就要多挑80多担，我们武昌几万人上堤，一天该多挑多少啊！土挑得越多，堤不是修得越坚固嘛！"

7月27日、29日，当大风暴袭击的时候，狂风掀起了巨浪，武昌江堤受到了严重的威胁。

土堤是经受不住大浪的猛烈冲刷的，有的地方堤身外坡开始崩塌，有的地方子堤脚土已经被江浪卷走了，有的地方防浪设备遭受破坏，情况万分紧急。

武昌防汛指挥部第二分指挥部指挥马凌云，在杨泗矶率领全工段大军站在子堤外沿江水里，守卫防浪柳枝，迎接惊涛骇浪。

解放军某部二连连长李海洲同他的30多个战友，在江水中手挽着手，肩并着肩，组成一道钢铁的人堤，保护着江堤已被浪冲塌的地方。

在汉阳门35号闸外，共产党员刘国兵、青年团员巴权年、赵产、姜书元4人，用绳子互相绑着，在巨浪中垒麻袋。

在各玉桥水库到震寰纱厂一带，在江里迎浪护堤的900人中，有67岁的老婆婆，有戴着红领巾的少先队员，有为祖国进行基本建设的建筑工人，也有刚放工的纱厂女工。

搬运工人杨汉生和同伴们正战斗在武泰闸上。有一次，他们发现护闸子堤上有一个约有小碗口大小的洞在淌着浑水，情况变化很快，洞口越来越大，从洞口里钻出来的浑水，还夹着一些石块。

这时，大家都非常着急，但又没有什么好的办法来抢救，有的人急了就拿空麻袋扭成一团来堵，麻袋一下子就被水冲走了。

工程师说："赶快打围井。"

但是，水的冲力过大，一连冲走了好几个装满土的麻袋，这样搞了几次都没有成功，情况越来越紧急。

这时，杨汉生看见闸上堆放着一批水泥管，他就提议借用这些水管，把它竖在漏洞口子上，使水从管子里流出，这样可以减少水的冲力。

大家就试验了一下，结果不是很好，这时，杨汉生又建议：把水管平放使水笔直顺管流出，洞口周围就可以把麻袋放稳。结果这个办法一试效果很好，围井也打成功了。

但是，水管却无法塞住，如果不塞住它，前面做的工作等于白做了，围井也起不到作用。

这时，杨汉生又建议用杉木砍成木塞来堵，于是，大家用一层薄棉絮包住木塞，迎着水的冲力就紧紧地堵上了水管。

保卫武汉国棉一厂

1954 年 7 月的一天，22 时左右，骤雨像瓢泼一样向地上倾泻着，暴风一阵接一阵地把半空中的雨点吹打在指挥部的窗上。

这里离大厂房只隔一条甬路，平常从那里传来的轧轧的机器声，今晚一点都听不到了。人们听到的只是万马奔腾的风雨声。隔窗望去，外面茫茫一片。

这里是国棉一厂防汛指挥部，它和处在紧要关头的前方作战司令部一样，日日夜夜都被笼罩在一种严肃而动荡的气氛里。指挥员已经几天几夜没有睡觉了。

室内电话声、人们之间谈话声和外面风雨声交织在一起。人们两个一群八个一伙地围聚着、交谈着。现在是以陆运大队队长张双虎为中心形成的一个人圈，他们在商谈换人不换车、如何解决司机的困难。

张双虎是一个短小精悍的中年人，在担任这个职务之前是细纱车间主任，他把生产秩序调理得很好。由于防汛需要才把他抽调出来。

大家从会场上的热火劲和张双虎那兴奋的神气可以揣测到他领导的这个会议肯定很有进展。

在室内东墙上，贴着"国棉一厂防水堤施工图"及"襄河水位观测表"，下面聚着的一群人，是以刘广洪工程师为首的施工小组,他们正在研究工程进程和辩论一些技术方面的问题。

刘广洪是特地从郑州基本建设工地赶来的,他去郑州只有两年,前年6月,刘广洪亲眼看到他设计在草图上的这个厂建成并投产后,才放心走的。

如今刘广洪从郑州赶来保卫这个厂子,那种焦急和热切的心情,大家是可以理解的。

此外,还有以张德纯为中心形成的水运大队,以穆荣昌为中心围成的供应小组,他们多半研究的是如何提高工作效率的问题。

副总指挥刘锦堂是国棉一厂的副厂长,他已经好几天没有睡觉了,眼睛里布满了血丝,额上还涂着指尖大的一块黄泥。

几天以来,刘锦堂都是穿着湿鞋子,裤筒卷到大腿,忽而堤上忽而工地地跑来跑去,还要翻过龟山到区指挥部开会,在那里接受指示。

刘锦堂并不很懂施工方面的技术,但大家都很信任他,他除了作报告、做鼓动工作以外,还要解决一大堆的实际问题。现在刘锦堂正在电话里向驳运公司要船只。

风雨仍在怒吼着,刘锦堂将听筒挂上,他和驳运公司交涉妥了20只船,就如同有了援军似的,向窗外自信地看了一眼。

这时,电话突然又响了,刘锦堂拿起话筒:"哪里?我姓刘哇!啊!第五工段,怎么?没有土了……"

刘锦堂将话筒放下,他不由得陷入了沉思。

室内的人对这个消息都吃了一惊,只有陆运大队由于正讨论得热火,没有听清。张双虎还在热烈地发表着自己的意见,等他回望到刘锦堂严肃的面孔时,他才料到发生了什么不妙的事。

大家马上在刘锦堂的周围形成了一个指挥部最高决策者的人圈,其中有工程师、各路大队长、专职的政治工作人员。

刘锦堂把眼前面临的紧急情况向大家作了扼要的介绍后,他宣布说:

  这个会就是要听听大家的意见。

虽然情况很紧急,但人们都很沉着,发言很有次序,话不多,顶多四五句,听起来各大队的组织工作做得很好。有一个队长谈到工人们的情绪时,他说:"不管三更半夜,随叫随到,下着刀子也挡不住我们运土去。"

这些刘锦堂都清楚,他想起清花间保养工人张海忠,他平常身体就不怎么好,可是他仍然和许多人一样,要求在生产时间以外参加义务防汛,他一口气扛了 30 多包麻袋土,结果累得吐了血,大家都劝他休息,但张海忠仍然坚持工作,后来还是经组织上劝解并强迫才将他送到医务室,打了三针。

后来,张海忠知道领导再也不让他扛麻袋了,于是他回到宿舍里，将参加劳动的工人们的洗脸水准备好，成了服务周到的临时服务员。

在开会的现场，张德纯对大家说：

同志们！问题在于及时而有效呀，我们目前要的是办法、是土，而不仅仅是热情。

接着，张德纯看了看手表，他说：

12时我们才能从黑山开回来一批装土船，但那时说不定已经成马后炮了。

会场马上冷静下来，只听见暴雨敲打窗口的"啪啪"声。几十双眼睛都集中在刘锦堂和工程师们的脸上。

刘锦堂向土木工程师应志钧看了一眼，说："我看，就只剩下这一条路了，把最后的小家当拿出来吧，对吗？应工程师？"

接着，刘锦堂和应志钧提出向厂后面龟山取土的意见。

一提起龟山，人们就想起了许多对运土不利的事。前年建厂的时候，周围还没打围墙，夏天厂里搞基本建设的工人们，常到后面山涧去洗澡，那里有一座木桥，可以通到龟山脚下。

等厂子建成开工以后，打上了一道围墙，保卫科又派上警卫日夜在这里巡逻,从那时起,谁也去不成了。

现在事隔两年,说不定桥上的木头早腐朽了。再说,龟山背面尽是陡崖,哪里有土呢?

这些问题提出来以后,刘锦堂和应志钧分别向大家作了解释,他们说:"我们俩前几天亲自到龟山调查过,从山脚起,挖几百方土没有问题,桥上走人还可以,汽车可以开到桥头上装。"

最后,他们说以前没有向大家谈这个事,是想为厂子存下一个"小家当",以准备到了紧急关头运用。

会场上一下子热闹了,有几个沉不住气的已经急着挂电话到自己的队部,命令赶紧组织队伍,有的开始整理自己的草鞋和斗笠。

张双虎却既不和人家争着打电话,也没戴斗笠。他卷卷裤腿,赤着脚,像小旋风一样溜走了。

这时,指挥部也忙碌起来,防汛供应组组长穆荣昌成了大家最关注的对象,各路队长争着叫他先在自己的领料单上打戳记。一打下戳记,土箕、扁担、洋镐、铁锹就等于到手了。说不定迟了一步,工具就让别人抢走了。

其实供应组早有了充分的准备,工具库堆得满满的,正因为这个,使得供应组长能够从容不迫地应付着大家,他一面仔细地盖着私章,一面沉着地说:"慌什么呀,多得是。"

各路人从各个不同的地方向龟山进军了。喇叭筒里传出来的广播声、汽车的呜呜声,把暴风雨的声音压小了。架在电线杆上的路灯和汽车前头两只明晃晃的大灯,把通向龟山去的道上照得亮堂堂的。

第一批由张双虎带去的大队，早已经布好了阵势，挖的挖，挑的挑，已经干开了。歌声响遍了山谷，冲过雨幕，在龟山上空缭绕着。

这时，指挥部的电话铃又响了，刘锦堂拿起听筒：

啊！五工段，张队长已经把第一批土运到了！好的，祝贺你们。

刘锦堂笑了起来，由于疲倦得厉害，看上去他笑得很吃力。刘锦堂开心地想着，再过半个小时，将要创造出护厂防汛工程的一个奇迹，他不由得在室内轻快地踱起来。

这时，指挥部的人少了，只有几个穿着短裤的统计员一面赶着腿下面成堆的蚊子，一面编制一天的报表。

刘锦堂一面合计着今晚护厂堤将要加高的数字，一面命令一个文书起草一个文件：

写，送往机关：汉阳区防汛指挥部。原文是……喂！快一点，快一点！

刘锦堂原文是报告今晚在缺乏土方与暴风雨袭击的情况下，已经得到及时而有效的措施。他说："估计！写，今晚五工段可以增高堤身 1 米左右，那就是说达到 28.5 米。"

刘锦堂签发了这个文件后,他打了个呵欠,他觉得需要到堤上走一趟。于是,他拿起雨具出了指挥部,照直向五工段走去。

雨下得小了,刘锦堂沿堤走去,到处有水泵在抽水。不平静的襄河两岸,灯火辉煌,响着打夯工人有节奏的吆喝声。

运土船冲破风雨,在激流中放下来了,一排一排的,顺着襄河向不知名的地方开去。

五工段正工作得热火朝天,从郑州工地赶来的基本建设工人们,创造了每分钟打夯52下的纪录,从孝感大堤赶来的装土工人们,创造了3分钟装一汽车的奇迹,使少而可贵的汽车发挥了最大的使用效能。

向堤上挑土的工人,大家简直看不清他们的面孔,他们像旋风似的在堤上堤下溜转着,被雨水打湿的衣服,在雨稍为变小的时候,就被身上发出的热气烘干了。

医务室护士、青年团员钟国兰把自己的草鞋脱给挑土工人穿,自己光着脚板在堤上堤下跑着,进行急救工作,但是,紧张工作着的人们,谁也不愿因为一点碰伤就停下来包扎,人们在和洪水进行争夺时间的斗争。

从黑山起运的土已经到了厂门口。载土的是一只300多吨的大铁驳船,它由于吃水太深不能上岸。

木工们正在有一人多深的渍水的沿河马路上,架起一座桥梁,打桩的工人需要钻在水底进行工作。他们至多在水里工作一分钟,就要露出头来在水面呼吸一口空气。在这短短的时间内,谁也不说一句话,为的是将气吸足,好在水底多坚持几秒钟。

不久,一座坚固的木桥搭成了。

现在刘锦堂离五工段更近了,他看到,从龟山、从船上两路运输大军向堤上挑着土,堤身每分钟都在升高,把洪水挤在下面了。

刘锦堂在五工段工棚里找到了尺子,他一量堤身已经增高了1米,而这时才只开工了两个小时。

刘锦堂除了对工人们创造出来的伟大奇迹表示惊讶外,突然想起了自己在指挥部草拟的那个工程报告过于保守了。

于是刘锦堂抓起工段上新装好的电话,喊道:"总指挥部吗?喂!刚才起草的那个文件发出了吗?"

对方告诉他,那个文书正在缮写。刘锦堂高兴地说:"停一停,需要修改一下,把笔拿出来,记在纸上。把含糊字眼'估计'划掉,改为'确有把握',把一米的'一'字再加上一横,'左右'划掉,那就是说今晚确有把握达到标高29.5米了,就这样,完了。"

刘锦堂从五工段工棚里走出来以后,厂里大批的运土船从黑山放下来了,拖轮上大车按照和堤上联络员预先约好的信号,一长一短地拉着汽笛。

联络员将红马灯举过头顶,船从河中心慢慢地向码头靠岸了。工人们第一次停止了工作,发出一片欢呼声和鼓掌声。

四、八方支援

● 内务部、铁道部和商业部所属土产公司，在8月上旬给武汉运来了21万多张芦席。

● 粮食部接到武汉需要一批麻袋作防汛抢险之用的电话后，两天内就从北京、天津拨出了35万条。

● 商业部除会同水利部给武汉调拨了100多万条麻袋外，还主动支援柴油5300多吨，来保证柴油抽水机的开动。

全国人民关注武汉汛情

1954年7月底,董伯超从汉口抗洪前线到北方去,董伯超是河南舞阳人。

董伯超在沿路上,看到听到人们都关心着武汉,谈论着武汉。

在北京,朋友们见了董伯超,第一句话就问他:"水下去了没有?"

董伯超到了张家口后,住在城角一家小饭店里。晚上上店簿,当听到他是从汉口来的时候,从炕上一下子坐起来一个50岁左右的老婆婆,她抢着问:"同志,武汉的大水下去了没有?"

董伯超把长江水涨的情况告诉了她,她脸上显出一副着急的样子,嘴里啧啧的说不出一句话来。

接着,董伯超把防汛的情况介绍了一下,老婆婆脸上露出了微笑,她说:"只要有共产党,那一方不会遭难的。"

老婆婆的儿子扶住她说:"躺下吧,小心着凉了。"

接着她儿子告诉大家:"妈妈伤风了。前几天南方来了个客人,午夜说长江水很大,她听了夜里睡不着觉,坐在院子里叹气,就这样着凉了。"

接着董伯超坐车经同蒲路过了大同,开进一个小站,上来了一群农民,每个人都扛着一条扁担。

董伯超发现身旁坐着一个50来岁的农民,从穿着上和外貌上看就知道是山区的人。

这个农民挨近了董伯超,当时天很热,董伯超就向旁边挪了挪,但那人仍然一个劲儿地盯着他看,而且嘴里还念叨着。

这时董伯超才发现,原来那人是在看他身上的证章。过了好一会儿才问董伯超:"你是湖北来的?"

董伯超点了点头,那人就紧跟着问他:"武汉的水下去了吧?"

于是,董伯超就详细地向他介绍了防汛的情况,他听了以后说:"不怕!有党,有毛主席,有人民,什么难关都能闯过去。"

接着他就说,他们是从山里进城卖麻的,卖麻给工人织麻袋,支援武汉抗洪。他们半夜就来了,下一站就到家了。

董伯超后来回到他的家乡河南舞阳,他发现家乡沙河、澧河的水都平槽了,浪花伸着长舌向岸上冲击着,岸上的人们也正紧张地抢修着堤防,他们都喊着:

　　学习武汉防汛的战斗精神,打退洪水的侵犯!

董伯超刚一进家门,他父亲看见他就把铁锹向墙上一靠，然后问董伯超："武汉的水怎么样了？"

虽然一路上像这样的话董伯超已经听过上千次了，但这一句话他仍然感到惊讶。

因为董伯超知道，父亲一向只关心自己这个家，他是一个快70岁的农民，从他嘴里问出这句话来，说明全国人民都在关注着武汉的抗洪。

董伯超当即向父亲说了长江的水情，又叫父亲看了他参加防汛的时候背上晒脱的皮。父亲笑了起来，说："不怕洪水跟咱们的社会主义建设作对，有了共产党的领导，什么也难不倒咱们。"

乡亲们知道董伯超回来了，大家都来看他，他们都关心着武汉，和董伯超谈了好久，董伯超的父亲笑着说："你叫你叔叔们说说，现在谁还不是一条心地关心武汉。"

8月17日，董伯超又回到了武汉，他看到江水还在上涨，20天又涨了1米多，但是堤也更高了，更坚固了，洪水还是爬不到岸上。街上还是那样热闹，孩子们戴着红领巾从学校回来，一路唱着歌。

这时董伯超感到，武汉和全国人民都是一条心，武汉人民的疾苦牵动着全国人民。

全国人民大力支援武汉抗洪

1954年6月至9月三个月来,武汉人民与洪水进行了生死搏斗。在这些战斗的日子里,武汉人民深刻地感受到党中央和全国人民对武汉的防汛的巨大援助。

北京是全国支援武汉防汛的中心。中央人民政府的各个部门和所属的机构大力支援了武汉人民防汛的斗争:

内务部、铁道部和商业部所属土产公司,在8月上旬给武汉运来了21万多张芦席。

粮食部接到武汉需要一批麻袋作防汛抢险之用的电话后,两天内就从北京、天津拨出了35万条。

商业部除会同水利部给武汉调拨了100多万条麻袋外,还主动支援柴油5300多吨,来保证柴油抽水机的开动。

水利部为了解除汉口张公堤外洪内渍的双重威胁,及时地派出了8000多马力的抽水机。

人民革命军事委员会主动调拨大批近代化的通讯器材,供给武汉长达138公里的堤防线上的通讯联络之用。

当武汉市的防汛斗争正处在材料供应十分困难的时候,全国各地就伸出援助的手,他们把武汉所需要的材料及时运来。

全国人民对武汉的支援,使得武汉防汛斗争的材料供应,总是走在堤防工程需要的前头,而堤防工程又总是走在洪水的前头。

7月下旬,江水逐渐接近新筑起来的子堤了。大家知道:子堤没有经受过洪水的考验,而可能增大的风浪,对子堤的威胁更是极其严重。

为防风浪撞击,市防汛总指挥部决定用芦席把所有子堤外坡包住。

这个时候,湖北省供给的最后一批10万张芦席已经用完了,而市面上根本买不到芦席。

就在这紧急关头,大连土产公司一位名叫林乐亭的干部走进了防汛总指挥部材料供应处的办公室,他是到长沙有事路过武汉。

当林乐亭在这里了解到武汉迫切地需要芦席时,他一口就答应要在最短的时间内弄来一批上好的东北芦席,林乐亭和他们公司通了一个长途电话,告诉他们这里的紧急情况。

通话后第七天,大连土产公司的经理就出现在武汉市防汛总指挥部供应处的办公室里,他要求供应处的人到车站点收10万张芦席。

后来,汉口的子堤差不多全是用这批大连运来的芦席包起来的。

8月19日,正当武汉关水位升到29.73米的时候,武汉防汛总指挥部打了一个电话给吉林市财委,希望他们支援一批草袋。那时,武汉库存的草袋已经不多了,而四期工程正在大力进行。堤上需用草袋数量极大。

吉林市财委接到电话后,立即成立了"支援武汉防汛物资联合办公室",动员所有干部,连夜把草袋收集起来,用最快的工作方法,办好各种应该办好的手续。

第二天,满载草袋的火车就从吉林市出发了。

在高水位威胁下的8月,风大浪猛的可能性增大,武汉市防汛指挥部决定,在汉口沿江堤和北郊大小张公堤、武昌江堤外面,筑一道防浪木排,绵延数十公里的防浪木排,但要在湍急的江流中固定下来,需要大量的铁锚。

这批铁锚短时间内武汉市各工厂赶制不出来,这时,上海的五金工人们日夜加班赶制了1500只100公斤和50公斤两种规格的大铁锚。

而江西、湖南和广州等地的手工业工人,则加班为武汉防浪木排纺织篾缆。他们也都在工程急需的时候大量而及时地运来了。仅8月11日从江西运来的各种篾缆就有5万丈。

所有人都知道,在最短的时间内,把这样大批大批的防汛物资器材都集结起来,是少有的事情。

中央铁道部和其他有关部门,给了武汉以最大的支持,他们尽了最大的努力,做到了防汛物资随到随运。

人们可以在每一节运送防汛物资驶往武汉的列车上,看到车皮上挂着一枚表示沿途不停、优先挂车的"红签"。

湖北省内河航运管理局民船管理处组织了5236只民船为武汉防汛服务，这些民船来自湖北内河各个点线。他们在担任防汛物资运输任务中，从6月25日到7月25日的一个月中，所完成的运输量就占他们上半年所完成运输量的49.5%，其中仅黄土和石料，就可以建筑一条高、宽各1米，长149公里的公路。

全国各地不仅是在物资器材方面支援了武汉的防汛斗争，在人力上、精神上都给武汉人民以巨大的支援和亲切的关怀。

武汉市防汛总指挥部有这样一个统计：中央和各地派来武汉参加防汛斗争的各种工程技术人员、潜水人员、发电工人、筑坝工人和富有防汛经验的农民，共计有23125人。

当张公堤内汉口郊区渍水成灾的时候、当张公堤处在外洪内渍两面夹攻的时候，曾经战斗在官厅水库、潮白河、永定河、独流入海等伟大水利建设工程工地的中央水利部工程总局的机械工人们，带着抽水机来到了武汉。

当全国各地支援的抽水机运到武汉，而武汉电力供应感到困难的时候，华北管理局修建工程局列车发电站的全体职工130多人，随同发电列车到达了武汉。

海军部队潜水兵、铁道兵部队潜水兵、黄河两岸的筑坝工人都在武汉急需的时候及时赶来了。

海军某部潜水队长任忠义说："潜水战士们知道武汉

市是祖国的名城，保卫祖国是我们的天职。当时我们接到参加武汉市防汛的命令后，正在休假的潜水员们，就带着墨迹未干的决心书出发了。"

铁道兵潜水员唐树森，参加防汛的前几天老家连来14封信催他回去结婚，年轻的未婚妻在河北家乡等着唐树森，但唐树森却参加了武汉市的防汛。

唐树森说："结婚只是我们两个人的事，防汛是关系着武汉地区国家建设和武汉全市人民生命财产安全的事。"

从黄河岸上来的具有精湛建筑堤坝技术的老河工们说："黄河和长江都是祖国的土地，能够到武汉帮助长江边上的兄弟们战胜自然灾害是最大的光荣。"

当老河工王树林得知，派去支援武汉防汛临时组织起来的队伍中没有他的时候，他感到很难过。王树林反复向领导请愿，终于使得领导批准了他的请求。

王树林甚至没有想到回家去说一声，或者是收拾一个简单的行装，他拍了拍帽子上的泥土说："走！救灾如救火！"就这样随大伙出发了。

在这些紧张战斗的日日夜夜里，江堤上的防汛战士们接到了盖着全国各大城市和乡村的邮戳的大批慰问信件。

写信的人有远在朝鲜前线为和平而斗争的中国人民志愿军战士，有守卫在祖国海防和边疆的人民解放军指战员，有首都各界青年，有西北高原上的电信工人，有山区的农民，有在遥远的新疆学习水利技术的复员军人。

天津南开大学物理系学生们来信说：我们的同学在床头上大都贴着武汉市水位图，每天细心地在上面添加着新的线条。

江苏省人民政府统计局工作人员龚佩章寄来了20万元，他在信中说：

> 只要能在防汛工作中对你们有点滴帮助，就是我最大的安慰。

在几次最紧张的关头，湖北省广大地区的农民对武汉作出了巨大的援助：有计划地实行了几次分洪，帮助武汉人民赢得了时间去巩固堤防。

8月上旬，长江、汉水上游各地都下了很大的雨，夏汛以来最大洪峰相继出现，长江第四次洪峰和汉水第三次洪峰逼近武汉，而长江第五次、汉水第四次洪峰又将接踵而至，上游涨水，下游顶托，江水宣泄不畅，8月6日20时，武汉关水位是29.22米，情况万分紧急。

此时，湖北省防汛指挥部在鄂城三江口、丁桥两处附近分洪，武汉江水流速立即显著增大，7日到9日武汉长江水位上涨速度转缓，这样就使武汉人民争取了时间，在第三期工程的基础上，迅速进行第四期工程。

正由于这样，使得武汉在这紧急关头能够安全度过，而且为战胜10天以后29.73米的最高水位打下了坚实的基础。

分洪区的农民对武汉人民的援助是巨大的，他们深深地懂得政府采取分洪措施的重大意义。

农民陈新元说："这次政府有计划分洪，是为了保住武汉，保住武汉的大工厂，保住我们国家的命根子，只要保住了城市与工厂，农村生产的恢复就容易，我们相信共产党和人民政府的话，我们现在过着好日子，相信将来也能帮助我们重建家园的。"

而现在，大家看到武汉防汛斗争取得了决定性的胜利，滚滚江水按照人的意志驯服地沿着大家亲手培修起来的坚实的堤防流向东去。

大家也看到，郊区的渍水已经被排除，农民们正在积极播种蔬菜和晚秋作物。城市人民和平恬静地生活。

大家感到，在全国人民的大力支援和亲切关怀下，武汉人民在防汛斗争十分艰苦紧张的日子里，获得了无穷的力量。

北京工人参加武汉抗洪

1954年8月,当武汉市张公堤的渍水成灾的时候,北京派出了中央水利部工程总局的机械工人们,他们带着抽水机来到了武汉市张公堤上。

这些机械工人,曾经参加过官厅水库、潮白河、永定河入海等伟大的水利建筑工程。

大家和其他各地前来支援防汛排水的工人们一起,决心协助武汉市的人们排除张公堤内的渍水。

当北京的机械工人到达张公堤上的第一天,就提出了任务包干的要求和负责完成的保证,立即开始了机器安装的工程。

最初几天,他们抢着安装机器。大家发现,有一些进水莲蓬头安装得不合规格,影响了水管进水。

老师傅邓长顺知道:如果不把进水莲蓬头检修好,那机器也等于白安装,不能抽水。

就在那个寒冷的深夜,邓长顺脱下衣服就钻进水里去检修莲蓬头。

当时,绿油油的渍水发出浓重的腐臭味,水里浮萍、水草什么都有,据医生说还有吸血虫。但是没有办法,要检修莲蓬头就只有下水。

张宝贵等青年工人看到邓长顺下了水,他们跟着一个个也都下了水。

等莲蓬头全部修好了，抽水机可以进水了，但邓长顺的耳朵和手却被割得到处都是伤痕，并且还在流血。

邓长顺和韩嘉麟、刘金魁等是他们中技术最好、经验最多的老师傅，青年工人们时常说："有这几位老师傅在一起，胆子都壮。"

老师傅们在这次排除渍水工程中很快地组成了技术研究组，对工作起到了决定性的作用。

有段时间，灌不满引水成了影响开车的主要原因。一般灌水时间长达两个小时，有时甚至四五个小时还灌不满引水，只得停车。

刘金魁看到这种情况，就提议研究一个改进办法。老师傅们研究以后，把机器稍加改装，又改进了操作方法，结果只要一两分钟时间，最多也只有5分钟时间就可以灌满引水，使机器开动起来。

他们解决了一个又一个技术问题，带动整个车间工人所开车率提高到100%，从根本上消灭了停车现象。

每当一个技术问题解决了，抽水效率有了提高的时候，年轻人总是爱围着老师傅们说："这一下，我们该可以把红旗拿回北京了吧？"

老师傅们虽然也很高兴，但他们总是说："不能光想着红旗，要想着赶快把渍水抽干。"

刘金魁经常把自己过去受灾的经历讲给青年工人们听，他说："你们年轻，不懂得什么是大水灾，1931年我家在天津住的时候，水淹得封了门，东西什么的都漂走了，死的人可不少。那时候我在外县做工，听说淹水了，就赶快赶回天津，可到处都找不到老婆孩子，不知是逃到哪儿去了还是淹死了。一直等了个把月水退完了，才找到老婆孩子。现在时代不同了，咱们的堤越修越牢固，洪水已经被挡在堤外边了。可是你们看看咱们抽水机站的后边，雨水把庄稼淹得像一片湖。不是说有很多农民弟兄受了灾吗？咱们得赶快把渍水抽干，使农民兄弟少受灾害。"

大家知道，要想赶快把渍水抽干，在机器开动起来以后，主要的就是要做到安全运行，防止停车事故。

老师傅们每天都碰碰头，研究车间里全部抽水机的运行情况，提出防止事故的技术措施，对青年值车工人进行技术指导。

几乎每个深夜，刘金魁、韩嘉麟和邓长顺都要到车间里，在这部机器上摸摸，又到那部机器旁边看看，然后和年轻的值车工人说几句话。

刘金魁还时常想，一部机器不停车，不能解决问题，一个车间不停车，力量也有限，必须使所有的车间都能安全运行。

于是，刘金魁在"排水战报"刊物上介绍了"怎样进行安全运转"的经验。这篇文章发表以后，成了其他车间的业务学习材料。

7月15日，这是张公堤上开始大规模排除渍水的一天。清早，风凉水冷，站长发出了"开车"的命令。

大家一齐欢呼，55岁的韩嘉麟像个小伙子一样，纵身跳进水槽，和大家一起灌注引水。当时，韩嘉麟已经一天一夜没有睡觉了，水不断地扑打着他的脸和身子，韩嘉麟浑身湿透，又冷又困，但他仍然咬着牙坚持着工作。

马达一齐吼叫起来了，堤内的渍水从几百部抽水机的水管中，奔腾着排到张公堤外。

各地蔬菜源源运抵武汉

在武汉抗洪的日子里,大家走过清早的街头,从家庭主妇们的菜篮子里,仍然能看到一些绿色新鲜的蔬菜,这使人们情不自禁地泛起一种清闲的喜悦的感觉。

防汛以来,武汉市市场上首先出现的困难就是蔬菜供应不足。市合作总社蔬菜科是供应前线和后方蔬菜的总枢纽,他们很快就紧急动员起来了。

一时间,繁忙的电话、报告货运情况的电报、从湖南运菜来的船民,以及各个防汛工地的菜单等,都不分日夜地向这里集中。

不仅在这里,在全国的东西南北都有为了能让武汉前线和市民吃上新鲜蔬菜而奔走忙碌的人们。

在山海关,在辽宁省的绥中、盖县、北镇……负责到东北采购的夏国俊,牢牢地记得在动身之前领导对他叮嘱的话:"你们多买一斤菜回来,本市就多两个人有菜吃,全市人民在盼望着你们。"

夏国俊在10天内就跑了5个城市,采购了250万公斤洋芋,8月份内运回的就有150万公斤。

在太原市财委的办公室里,武汉市合作总社太原采购组组长程茂卿刚刚说明了自己的来意,接见他的沈敏马上告诉程茂卿说:"你们进行收购吧!虽然我们菜的产量也是仅够自己吃，但为了支援在防汛斗争中的武汉人民，我们要尽力帮助你们。"

沈敏马上写命令要当地的供销合作社负责组织收购。

在旭日初升的清晨，通往太原城关的大道上，常常奔驰着一大群骡马车，这是太原市郊的农民正在运送准备支援武汉的包菜。

有一次，有几个商人拦着车说："咱们路近，价又高，就卖给我们吧！"

农民们在车上扬着鞭子边走边说："这是给武汉市乡亲们送的菜，你们价出得再高，也不卖给你们。"

当地南社蔬菜生产合作社社长吕主新把包菜交给采购员，拍打着身上的泥土说："你们受了水灾，我们一定要支援你们，我们社的包菜，只要赶得上，决定都卖给你们，还保证送到你们这里来。"

小井峪农业生产合作社的社员李有仁接着说："我们的菜就比市场少卖个 10 块 20 块，咱也愿意卖给你们，让武汉市的老乡们能吃上菜。"

这时，来自上海人民支援的雪里红也运抵武汉。大家刚上船，就立即闻到了一阵随着江风吹来的咸菜的香味。

船有 30 多米长，前后三个舱都满装着卤菜。舱板上都盖满了草包，这是船员们担心太阳的热力透进舱里会闷坏雪菜而特意铺上的。

大家打开舱门，就发现千千万万棵卤菜密密麻麻地躺着，为了这上海的卤菜，100多个搬运工人突击了一夜，上海卤菜业公会还派了20多个雪里红行家到船上指点怎样摆列，怎样撒盐，怎样踩紧。

合作社的突击队员们已经下舱了，脚踩下去，菜上冒出了黄色的卤水，散发着阵阵的香气。

起卸工作还没有开始，人们就围在舱口惊讶地看着、谈论着。老年的搬运工人们摇着头说："在码头做了几十年，没见过散装的雪里红，一下就是三四十万公斤，简直了不起啊！"

正在别的船上搬豆饼的工人江汉记，这时匆忙地赶了过来，他跟大家说："要好好看护着，不要马虎啊，这么远运来的菜，烂了都是好吃的！解放前发大水，哪有我们吃的菜。"

大家也都说："是呀！这么大的水运来的菜，是要好好看着。"

话音未落，江汉记又回头忙着去搬豆饼了。

13时，紧张的起卸工作开始了，搬运工人们在舱里搭起了跳板，在舱里舱外，大家装的装，搬的搬，抬的抬，脚被盐卤腌痛了，就从江里吊桶水上来冲洗一下又接着干。

合作总社的男女突击队员们也参加了搬运，大颗的汗珠从额头上冒出来，腰上的毛巾都擦得湿漉漉的。

搬运工作一直继续到下半夜2时，大家才休息了一会儿。早晨又接着搬运。

大棵黄亮的菜，很快就被大家转进了驳船，分运到武昌和汉阳。工人们抬着越过高出地面好几尺的江堤，通过汽车分送到防汛前线和合作社各个零售店里，及时供应坚持斗争在洪水包围中的人们。

8月20日15时，雪里红的起卸工作还没有全部结束，但在合作社保成路零售店里，已经有几百个社员买去了250多公斤菜。

在合作社的许多零售店里，雪里红都满缸满缸地装着。社员们喜笑颜开地跟社干部们说："这一下可满足社员的需要了。"

汛期以来，单单从上海支援武汉的各种卤菜就有150多万公斤。

为了及时采购这批卤菜，合作总社曾派了5个干部坐飞机赶到上海，他们到上海的第二天，上海市工商局和合作总社在财委的指示下就召集私商开了会，号召他们把卤菜优先支援武汉。

在货运十分紧张的情况下，长江航运管理局还派了"志新"号轮船专程载运这批卤菜支援在与洪水战斗中的武汉人民，一路上，"志新"轮的驾驶员在水手的协助下，尽量避免江中急流，多靠江边走，争取早一天把菜送到武汉。

船民谢学志从宜昌运南瓜和青椒来到武汉，他十分担心地说："该不会烂掉吧，烂一斤，武汉人民就少一斤菜。"因此，谢学志在汹涌的江流中冒着生命危险，连夜

行驶，他几个晚上都没有睡觉，硬是把菜提前3天运到了武汉。

当谢学志看着青椒还都很新鲜时，他才放了心。

8月24日，船民崔永树从沙市动身运冬瓜来武汉，8月29日清早在途中遇着风浪，他赶去搬船艄，不幸船艄断了，崔永树就这样跌入江中，再也没有回来。

慰问团到防汛前线演出

1954年7月,武汉人民防汛慰问团带着武汉市150万人民的敬意和亲切的关怀,来到了正在紧张战斗的堤防前线。

他们看到,屹立如山的张公堤挡住了张公堤外的惊涛骇浪。

在戴家山抽水机站狭窄泥泞的棚屋里传出了他们响亮的歌声:

洪水翻腾着巨浪,
渍水淹没了田庄;
为了确保人民的武汉,
我们来到了排水战场。
从遥远的北京、淮河、官厅水库,
从部队、学校和工厂,
我们来自四面八方,
为着一个共同的愿望;
大家团结得像一个人一样,
为了巩固钢铁的堤防。
把抽水机开动不停,
叫积水滚进长江;

保卫我们的城市，

　　夺回我们的田园和村庄。

　　这是慰问团中文工团的团员们为排水工人们所唱的《排水工人之歌》，这歌声唱出了每个人的工作和愿望。

　　从北京来的排水工人们听了这个歌曲以后，告诉慰问团团员们说："任凭老天下再大的雨，我们总得叫积水滚进长江！"

　　在汉口、武昌和汉阳的各个堤防战线上，慰问团展开了各项慰问活动：

　　陈家乡的农民宿舍里，名演员关啸彬为参加防汛的农民清唱了《断桥会》和《站花墙》；

　　小张公堤旁中湾工地新搭的工棚里，慰问团团员和建筑工人们举行了座谈会；

　　汉阳显正街上市立第五医院的病房里，慰问团团员邹春环等紧握着防汛战斗中的伤病员，劝他们安心休养。

　　7月27日，风暴雨骤，防汛大军正在堤上紧张地运麻袋、投石块，抢救险工。

　　在中湾，慰问团第二分团的团员一齐上了堤，进行火线慰问。

　　突然，几个满身泥浆的人奔过来把几封信塞在慰问团团员手中，急促地说："同志，我们是胜利乡和北皖乡的农民，现在战斗情况很紧急，请你们休息去吧！这是我们的决心书，请转告后方的同志，安心生产，我们一定能战胜洪水。"

这时候，慰问团第二分团副团长、武汉市特等劳动模范傅景文高声喊道："同志们，加油干吧。全市人民都在关怀着你们！都在支持着你们！防汛前线要什么，我们保证供应什么！"

说着，傅景文就带动团员们参加了装土运土工作，和防汛战士们一道，与风浪进行了紧张的搏斗。

在同一天下午，汉剧名演员陈伯华等带着衣箱道具，坐着汽车正准备去做慰问演出时，汽车行到江家墩堤上，只听得在堤上有人高声呼叫："快来抢险啦！快来抢救粮食啦！"

陈伯华马上跳下汽车，号召全体演员迅速投入抢险战斗。他们在狂风暴雨中坚持战斗了两个小时，一直到当地的抢险队员来，他们抢出了所有的粮食。

当天晚上，他们仍然进行了慰问演出。

慰问团告诉战斗在堤防前线上的人们：长江大桥的钻探工作在最高洪水位中仍然在继续进行，汉水铁桥的拼铆工程已经完成，武汉市的主要工厂都坚持了生产，市区人民的生活非常平安，部分被淹的人家都已经得到很好的照顾，全市人民正信心百倍地大力支援着防汛工程。

战士陈久美在前线克服许多困难，坚决完成了架设电话线的任务。陈久美一看到老朋友、慰问团团员黄景辉，就对他说："老黄，谈谈后方连队同志们的情况吧。"

黄景辉说:"军区派咱们连队去100人参加抢险大队,留下的同志为了支援前线,就积极地担任了这些同志的工作。大家提高警惕,保卫着工厂、机关、学校、铁道,不许坏人进行破坏。

"这次我到慰问团报到之前,曾经到每个岗哨上去问:'同志们你们有什么话要带到前线去?'他们都说:'我们只有一个决心,坚决保卫武汉地区的国家建设和人民安全,你告诉前线的同志们,有什么困难,只管写信回来,我们随时准备着支援。'"

陈久美握着黄景辉的手,十分感动地说:"你回去告诉后方的兄弟们,就说我们前方后方都是好样的。我们决心今后在巡堤警卫工作中要更加细心,不怕艰苦,不怕牺牲,如果需要,我们就用自己的生命来保卫武汉市150万人民的生命财产和国家建设。不战胜洪水,我们决不收兵。"

在慰问团到堤防慰问的前后几天中,他们听到防汛大军对他们回答最多的一句誓言就是"不战胜洪水,决不收兵"。

汉口第一防汛指挥部第二工段的防汛战士们写下了130多封保证书,并且用提高运土工作效率的实际行动来迎接慰问团。

慰问团到达襄河边上的前一天,参加防汛的新集乡农民,不顾下雨路滑,在4个半小时内,起运了125吨土,装了298个麻包,在132米的堤面上,完成了普遍加高一层麻袋的任务,并配合潜水工人加固了堤脚,堵死了一处积漏。

民工中有些妇女本来准备回家了,自从慰问团来访问以后,她们开了一个妇女座谈会,一致表示:不战胜洪水,决不收兵。

她们把已经打好的铺盖重新打开来,湿衣服也晒起来,原来打算回家的人都重新拿起了扁担、畚箕,走上了战斗的行列。

7月26日3时,狂风怒号,浪花扑起有两米来高。驻在金银潭上的战士陈池亮刚站班回来休息,他突然被风浪惊醒了。

陈池亮担心堤出险,他再也合不上眼了。

于是,陈池亮披着雨衣坐了起来,想着白天开慰问大会的情形,他心里说:"武汉市的首长和人民多么关心我们啊……"

正想着,陈池亮突然听到帐篷外有人喊:"出了漏洞了!"

陈池亮马上就往堤上跑,他和班长王文举、战士伍仁仲跳下齐胸深的水里,用手摸,用脚踩,找到了三个碗口大的漏洞。

但这时抢险器材还没有送到,他们脱下身上的衣服堵也没有塞住。在这样紧急的情况下,他们毫不迟疑地用自己的身子堵住漏洞,保护堤身。

一米多高的浪头不断地捶击着他们的心胸,他们冻

得直抖,但他们始终没有离开漏洞,一直等到抢险的队伍到来。

当首长们向他们慰问的时候,他们坦然地回答:"这是我们的职责!"

当慰问团要回去的时候,战士们一再地叮嘱:

回去告诉大家,有共产党的领导,有全市人民的支援,我们一定能够战胜洪水!

苏联专家协助武汉防汛工作

1954年7月,在光华街附近的张公堤上,汉口第一防汛指挥部谢滋群指挥瞭望着通向市区的道路,他正在路上等待苏联专家西林、基日柯夫和郭斯金。

谢滋群在路上踱着步子,还不断地搓着手,显得非常着急,不时望着路的尽头,他多么希望苏联专家早点来到。

路上扬起一片灰尘,几辆吉普车鱼贯而来。谢滋群十分着急地说:"你们总算来了,太紧急了,快点上堤吧!"

谢滋群拉着苏联专家的手,飞似的上了吉普车。吉普车风驰电掣般笔直地向戴家山闸门驶去,三位苏联专家来到了戴家山闸门前。

听说戴家山闸门有漏水现象,苏联专家们一到这里,就下车检查,向第一防汛指挥部的工程技术人员了解闸门的构造、拱度、堤内外的水位和漏水程度。

苏联专家粗略了解完情况之后,初步断定危险性不是很大。

同时,苏联专家还到闸门口仔细进行了检查,对整个闸门的结构变化进行了深入分析。

经过实地勘察后,专家们迫切地希望知道具体的数字，要求看闸门的结构图。

发现这里没有结构图以后，苏联专家对有些具体问题就没有下结论，他们认为：一个正确的结论必须建立在健全事实的基础上，必须有丰富的材料做根据，凭估计是很容易犯错误的。

在金银潭附近，将有总马力达到万余马力的很多部抽水机同时开动。

当时有人怀疑：这么多大马力的抽水机同时开动，会不会产生震动影响了堤身的安全呢？

苏联专家们来到抽水机站的堤上的时候，很多关心这个问题的人马上围拢过来，聚精会神地听着专家们的意见。

正像在戴家山闸门上一样，在这里，苏联专家们又向防汛指挥中心和抽水机站的工程技术人员详细地了解各方面的情况，要求把堤身的标高、当地堤内外的水位、堤内的渍水量和武汉市一般地区的标高告诉他们。

有人将大概的数字告诉了苏联专家西林，西林摇了摇头，表示要标出准确的数字。

大家当场打开日记本，一项项地算出来。

西林与大家仔细计算过之后，他告诉大家：机器的震动不会影响堤身的安全，斜坡上密密麻麻的水管可以起到加固堤身、增强堤身的抵抗力的作用，就像一扇墙被很多根树木撑住一样。

接着，西林又问到了堤内水位升降的情况，有一个人说:"估计堤内的水再涨也涨不了多少啦,因为雨水总是有限的嘛。"

西林听了,嘴唇边露出一丝微笑,他抬头望了望灰蒙蒙的天空,然后问回答的那个人:"你跟老天爷订了合同吗?"

大家听了西林幽默的话,都忍不住哄然大笑起来。

西林马上又很严肃地说:"我们要往最危险的情况设想。"

这时,刚刚从安装抽水机的地方爬上堤来的郭斯金又提出了一个意见,他认为抽水机安装的地点还要稍为高一些,要预计到抽水机全部开动以前,过多的水仍然会增高堤内的水位。

周围的人们听了这两位苏联专家的话,都想起了市防汛总指挥部的指示:

坚决反对麻痹思想,和洪水作斗争,战胜洪水。

有人低声跟身旁的同伴说:"就是不能麻痹大意啊,看人家苏联老大哥的警惕性多么高。我们也得学着点,不能依靠人家啊!"

苏联专家又沿着大堤前进,先后到了禁口和艾家嘴。他们每到一个地方,都要停下来了解堤防情况,并仔细地进行测量、勘察,绝不放过任何蛛丝马迹。

有时,他们就在工地上摆开地图,蹲下来研究加高堤身的计划。他们还摆出测量仪,在堤干上从左到右、从上到下地仔细测量,以便他们拿出最佳的修整方案来,因此,他们特别小心。

正在挑土的工人们看到苏联专家蹲在地上看地图,他们都十分高兴,大家你一句我一句地说:"你看,苏联老大哥来啦,我们有什么事他们都来帮忙。"

大家抗洪的热情更加高涨了。

本书主要参考资料

《国史全鉴》本书编委会编 团结出版社

《共和国五十年珍贵档案》中央档案馆编 中国档案出版社

《共和国要事珍闻》郑毅 李冬梅 李梦主编 吉林文史出版社

《和洪水搏斗的武汉人民》湖北人民出版社

《1954年湖北水灾与救济》李勤著《当代中国史研究》2003年第九期

《1954年湖北水灾与救济》万华英 马俊林著《湖北文史资料》1998年第四期

《我所经历的1954年抗大洪、大涝》张佑清著《武汉文史资料》1998年第二期

《建国初期抗水灾》殷月兰著《纵横》2000年第四期

《透视当代中国重大突发事件》程美东主编 中共党史出版社